バッドエンド目前のヒロインに転生した私、今世では恋愛するつもりがチートな兄が離してくれません!?

BAD END Mokuzen no HEROINE ni
Tensei shita Watashi,
Konse dewa RENAI suru tsumori ga
CHEAT na Ani ga Hanashite Kuremasen!?

著 琴子
画 くまのみ鮭

TOブックス

第五章　レーネ・ウェインライト編

第六章　ハートフル学園祭編

contents

イラスト／くまのみ鮭　デザイン／伸童舎

レーネ・ウェインライト

本作の主人公。バッドエンド目前の弱気な伯爵令嬢ヒロインに転生した。前世では楽しめなかった学生生活や恋愛を満喫するため、奮闘中。持ち前の前向きさで、Fランクを脱出した。

マクシミリアン・スタイナー

騎士団長の息子の子爵令息。少し態度と口は悪いが、いつもレーネを助けてくれる良い人。吉田と呼ばれている。

ユリウス・ウェインライト

伯爵令息。超絶ハイスペックで掴みどころのないレーネの兄。仲が悪かったはずが、レーネの転生をきっかけに何故か彼女を溺愛してくるようになった。

セオドア・リンドグレーン

とにかく寡黙な第三王子。レーネがめげずに続けた挨拶と吉田のおかげで、少しずつ友情が芽生えている。

紹介

characters

人物

ラインハルト・ノークス

超美形の同級生。いじめられているところを助けてくれたレーネに対し、重い恋心を抱いている。

テレーゼ・リドル

侯爵令嬢。レーネの初めての友人。非常に優しく、レーネに魔法や勉強を教えてくれている。

アーノルド・エッカート

ユリウスの友人。天然の人たらしで距離感バグ。レーネの相談によく乗ってくれる。

ヴィリー・マクラウド

男爵令息。レーネの良きクラスメイト。魔法だけなら学年トップクラスの実力を持つ、やんちゃ系男子。

第五章 レーネ・ウェインライト編

可愛い子には旅をさせよと言うけれど

音楽祭から、あっという間に一週間が経った。アーノルド師匠とのスパルタ特訓を終えた私は、冬のランク試験に向けて猛勉強をする日々を送っている。

今日も放課後、ラインハルトと勉強する約束をしており、空き教室へとやってきていた。いつも私よりも早く来ている彼の姿はなく、先に始めていることにする。

「ええと、この魔術式は炎魔法と相性が悪いから……」

この世界に来た当初、何が分からないのかすら分からなかった頃に比べれば、かなり成長した気がする。けれど、まだまだ人並み以下なのだ。もっと頑張らなければと気合を入れる。

そうして真剣に問題集を解いていたところ、ドアが開く音がした。

「遅くなってごめんね、急に呼びだされちゃって」

顔を上げれば、そこには急いで来てくれたらしいラインハルトの姿があった。

すぐに私の隣の席に座ると彼は「本当にごめんね」と言い、不安げに私の顔を覗き込んだ。

「全然大丈夫だよ、気にしないで。はっ、もしかして呼び出しって告白だったり」

「うん。その場で断って泣かれるのは嫌だから、一応呼び出されたら行くことにはしてるんだ」

「な、なるほど……！」

「レーネちゃん、モテる男が好きなんだよね？」

確かに以前、そんな質問に対して頷いた記憶がある。それにしてもリアルが充実しすぎていて、急にラインハルトが遠い存在に思えてくる。

そういや先日、吉田のところに遊びに行った際、彼の机の上には漫画やアニメのバレンタインデー回でしか見たことのないようなお菓子の山ができていた。

調理実習でクラスの女子生徒達が作ったものらしい。

『吉田、主人公の友達のモテる奴じゃん……』

『何の話だ』

実は何もかもがハイスペックな吉田は、以前にも増してモテ度が上がっているようだった。

けれど、私達の間にあるのは熱い友情だと分かってくれているようで、吉田のクラスの子達は私にも優しい。吉田が留守の時に遊びに行くと、普通にみんなお喋りの輪に交ぜてくれる。好きだ。

『スタイナー様、本当に人気なんだよ。隣のクラスにもファンがいるみたい』

『さすが吉田、優しいもんね』

『でも、入学当初は少し近寄りがたかったよね。特に低ランクの生徒には厳しいっていうか』

『そうなの？』

『うん。ちょっと怖かったかも』

そしてふと、吉田と出会った日のことを思い出す。

『どうして俺が、お前みたいなバカに勉強を教えなければならないんだ』

『Fランクに名乗る名などない』

確かに当時の吉田は、真っ赤なFランクブローチをつけた私に対し、なかなか当たりが強かった記憶がある。

『でも、レーネちゃんと仲良くなってから、すごく話しかけやすくなったよね』

『うんうん、雰囲気が柔らかくなった』

『よ、吉田……！』

そんな言葉に、じわじわと胸が温かくなっていく。

とは言え、勘違いだった場合あまりにも恥ずかしいと思い、その後教室へ戻ってきた吉田に、私はいつもの軽いノリで声を掛けてみる。

『今ね、クラスの子達と吉田の話をしてたんだよ。私のお蔭で吉田が優しくなったたって』

『そうかもな』

『えっ』

吉田がさらりとそう答えたことで、私は今世紀最大の胸の高鳴りを覚えた。その後、感激し抱き着こうとしたらノートで頭を叩かれたものの、好きだ。

そんなことを思い返しながら、鞄から勉強道具を取り出すラインハルトの整いすぎた横顔を見つめていた私は、「うーん」と首を傾げた。

「でも、みんな人気者ですごいね。私は呼び出されたりなんて全然ないよ」

音楽祭でも恋愛イベントを期待していたというのに、兄妹仲を深めるだけで終わってしまった。

ちなみに神への祈りが届いたのか、クラスメートのユッテちゃんはなんと、ひとつ上の学年のBランクのイケメン先輩とペア席になったという。

そして時々一緒に昼食をとる仲に発展したようで、最近は彼女の背景には常に咲き誇る花が見えている。どうかこのまま上手くいくことを祈るばかりだ。

「レーネちゃん、告白されたことないの？」

「体育祭の時に一度、仲良くなりたいって声をかけられたくらいかな。避けられて終わったし」

「ああ、そんな奴もいたね。噂で聞いた」

あの時は確か食堂で周りにも結構人がいて、冷やかされたりしていたのだ。だからこそ、ラインハルトの耳に入ってもおかしくはないと思ったのだけれど。

「目障りだなと思って調べてみたら、ユリウス様が先に潰してくれたみたいで安心したよ」

「……なんて？」

物騒なワードが多すぎて、どこから突っ込めば良いのか分からない。そもそも兄は一体どこから出てきたのだろう。

ラインハルトはそれ以上教えてくれず、帰宅後ユリウスに詳しく聞こうと決めて、ひとまず勉強を再開したのだった。

帰宅後兄の部屋を訪れ、ラインハルトから聞いた話をしてみたところ、ユリウスは「ああ」と笑みを浮かべた。

「体育祭でレーネに声を掛けた黒髪の奴でしょ？　妹と仲良くしないで、って言っただけだよ」

「ちょっと待った」

そんなことをさらりと言ってのけた兄は、それがどうかした？　とでも言いたげな態度で、目眩がしてくる。

「どうしてそんなことするの？　やめてよ」

「あんな下心見え見えの奴と仲良くさせるわけないじゃん。俺より強くないと許さないよ、って優しく言っただけであっさり諦めてたし。根性ないよね」

「ハードル高すぎない？」

ユリウスより強いというのが親しくする条件なら、学園の生徒の99パーセントが条件を満たせなくなってしまう。

この兄に訳の分からない圧をかけられてしまったのなら、突然避けるような態度を取られたのも納得だった。

「レーネもアレクシア先輩と勝負して勝って、ヨシダくんとの友情を認められたんでしょ？　それと同じだよ」

「た、確かに……いやでも、おかしいような……」

そもそも姉や兄がいる場合、倒さなければ友人付き合いを認めてもらえないというルールは、一般的なのだろうか。よくよく考えると、他に聞いたことがない。

「挑戦すらしようとしない時点で、レーネのことは大して好きじゃなかったんだよ。俺と違って」

「……そうなのかもしれないけど」

俺と違って、を強調したユリウスは「ね？」なんて言いながら、私の頭を撫でている。

未だに浮いた話が一切ない私に対して下心を持ってくれる異性など、貴重だというのに。このままではこの先、全てのフラグを兄にへし折られてしまう気がしてならない。

何よりダレルくんはこの世界では珍しい、黒髪黒目だった。そんな見慣れていた色に、私は懐かしさを覚えていたのだ。残念だなと肩を落としていると、ユリウスは形の良い眉を寄せた。

「なに？　もしかしてああいうのも好きなの？　アーノルドはまだしも、レーネの好みが分からないんだけど」

「好みというより、黒髪黒目が素敵だなあと」

「それだけ？　俺も染めればいい？」

「えっ……重……」

「ほんと冷たいね、レーネちゃんは」

妹の好みに合わせて髪色まで変えようとする兄など、重すぎる。何よりユリウスは今のままで完璧だというのに。

「学生時代の恋愛くらい、好きにさせてあげようと思ってたんだけどな。やっぱり無理だった」

「………………？」

「ま、とにかくレーネには俺がいればいいよ」

今日もユリウス・ウェインライトという人はよく分からないと首を傾げつつ、ふとクローゼットの前に大きな旅行鞄があることに気が付いた。夏休み、領地へ行く際にも使っていたものだ。

「もう秋休みの旅行の準備してるんだね」

「来週だしね。寂しい？」

「たったの六日でしょ」

ユリウスは秋休み、クラスの友人達と六日間の旅行に行くことになっている。

そして私も吉田とヴィリーと共にエレパレスへ行き、アンナさんに会いに行く予定だった。私もそろそろ、こっそり準備を始めなければ。

「最終日はレーネも屋敷にいるんだよね？」

「うん、そのつもり」

ゲートを使えることになり移動時間が大幅に減り、三日もあれば屋敷へ戻ってこれるだろう。万が一、私より早く帰ってきては困るため、最終日以外は予定が詰まっていると話してある。

「その日は絶対、俺のために空けておいて」

「うん！　あ、お土産交換もしないと」

ユリウスは秋休み、私と一緒に過ごすのを楽しみにしてくれていたというのに、断ることになってしまったのだ。最終日くらいは兄妹水入らずで過ごそうと決める。

私自身、兄と過ごす時間は大切にしたい。

「ま、レーネも楽しんでおいで。友達は大事だよ」

「今のなんかお兄ちゃんぽいね」

「あはは、お兄ちゃんのフリも上手くなってきた？」

「なにそれ、へんなの」

シスコンジョークの一種かと思いながら、私は「ありがとう」と笑顔を向けた。

◇◇◇

そしてあっという間に、秋休み初日がやってきた。

「行ってらっしゃい」

「良い子にしててね。浮気しちゃダメだよ」

「はいはい。気をつけてね」

私は朝から屋敷の門の前にて、ユリウスの見送りをしている。モノトーンのシンプルな私服姿も眩しくて、目がチカチカしてしまう。

そうしているうちに、門の前に一台の馬車が停まる。

「あ、レーネちゃんだ。おはよう」

「アーノルドさん、おはようございます！　……あっ」

馬車の中にはアーノルドさんだけでなく、Sランク美女であり公爵令嬢でもあるミレーヌ様の姿があった。

ミレーヌ様はふわりと微笑むと、それはそれは美しい声で挨拶をしてくださった。もしも私が男だったなら、一瞬で恋に落ちていたに違いない。

「見送りをしてくれるなんて、可愛い妹さんじゃない」

「でしょ？　あげないよ」

「そう言われると欲しくなっちゃうわ」

「えっ……もらってくださるんですか」

「満更でもない顔しないでくれるかな」

「ふふっ、仲が良いのね」

どうやら今回の旅行は男女数人で行くらしく、想像するだけでも絵面が眩しすぎる。

ユリウスもなんだかんだ、旅行先でフラグを立ててきたりするのかもしれない。

「行ってらっしゃいのキスは？」

「アーノルドさんに頼んでください」

「うん、いいよ。おいで、ユリウス」

「……朝から気分最悪なんだけど」

安定のシスコンを拗らせた兄は、美女の前でもシスコンを隠す気はないようだった。

冗談でアーノルドさんに振ってみたものの、しっかり乗ってくれて、今のやりとりには前世での悪い癖でついときめいてしまった。

「よし、急がなきゃ」

その後、なかなか乗り込もうとしないユリウスを無理やり押し込み、馬車が見えなくなると私はすぐさま自室へと戻った。

このあとすぐに吉田とヴィリーが迎えに来てくれることになっているのだ。急いでお出掛け用のドレスに着替え、ユリウスが買ってくれたお気に入りの帽子を被る。

「……これで大丈夫かな」

荷造りを終えていた鞄を持ち、再び外へと向かう。両親には友人の家で勉強合宿をする、という適当な嘘をついてある。どうせ心配されることも、確認されることもないだろう。

やがて迎えが来て御者に大きな鞄を預けると、ヴィリーと吉田が乗る馬車に乗り込んだ。ヴィリーの隣は既にお菓子で散らかっていて、私は吉田の隣に腰を下ろす。

「迎えに来てくれてありがとう！　今回はよろしくね」

「おう！　任せろ！」

「頼むから余計なトラブルは起こすなよ」

ヴィリーも吉田も、お洒落な秋ファッションを着こなしている。吉田の服を選んだであろう吉田姉に感謝しつつ、まずは王都の街中にあるゲートへ向かう。

そこからエレパレスの中心街へ移動し、パーフェクト学園に突撃する予定だ。アンナさんに会い色々と知ることができるかもしれないと思うと、緊張して昨晩はあまり寝付けなかった。

パーフェクト学園には秋休みはなく、今日も普通に授業が行われているはず。そのため、放課後に校門前でアンナさんを待ち伏せするつもりでいる。

セシルに話すと止められたり嫌がられたりする可能性もあるため、内緒にしてあった。

ささっと必要なことを聞き出し、三人でご飯が美味しいと噂のホテルに泊まり、翌日は観光をして夕方に王都へ戻ってくる、というのが理想のプランだ。

緊張を解そうとついついお喋りになってしまう私と、冷静な突っ込みをする吉田を見て、ヴィリーは楽しそうに笑っている。

「それにしてもお前ら、ほんと仲良いよな。クラスだって性格だって全然違うのに、どうやって知り合ったんだ？」

「私と吉田が出会ったのは、十年前の春。桜舞い散る丘で、私の飛んでいった帽子を拾った吉田少年が『桜の木の妖精かと思った』って言って――」

「存在しない記憶を語るな」

こうして私とヴィリー、吉田の三人旅が幕を開けた。


ヴィリーのくれたお菓子を食べながら、三人仲良く馬車に揺られ続ける。こうして友達と遠出するのは初めてで、遠足気分の私は胸が弾んでしまう。

夏休みにリドル侯爵領に行った際には保護者枠のユリウスやアーノルドさんも一緒だったため、また違う雰囲気があったのだ。

「そう言えば、吉田もヴィリーも友達同士で旅行に行くって伝えて、ご両親は大丈夫だった？」

「俺は余裕だったぜ。女子と旅行なんて楽しそうだな、すげー羨ましいって父様が言って、母様にぶん殴られてたけど」

なんともヴィリーのご両親らしいやりとりに、つい笑ってしまう。ヴィリーの実家があるマクラウド男爵領は自然溢れる場所のようで、今度遊びに来いよと言ってくれた。

「吉田のところは？」

「年頃の男女で外泊なんてと騒いだアレクシアが勝手に寝込んだだけで、両親は楽しんでこいと言っていたな。父はお前と会っているし、ヴィリーの兄が騎士団に所属しているのもあるだろう」

うちのシスコンの兄に劣らない、ブラコンの吉田姉が心配になる。

そしてヴィリーのお兄様は、吉田父が団長を務める騎士団に所属しているらしい。

「ヴィリーも騎士とか似合いそうだね」

「俺は武器で戦うの、あんまり好きじゃないんだよな。こう、拳でいきたい派というか」

「あ、ちょっと分かる」

「それにしても、お前の兄がよく許可したな」

「言ってないからね」

ユリウスが旅行に行っている隙に抜け出したと話せば、二人は納得した様子だった。

「お前の兄ちゃん、どこに旅行に行ってんだ？」

「あれ、そういえば聞いてなかったかも」

すっかり忘れていたけれど、行き先を知らない方がお土産が楽しみになりそうだと、気にしないことにする。

そうしているうちに王都の街中に着き、私達は馬車を降りてゲートのある建物へと向かった。

ヴィリーは帰省の度に使っているようで、慣れたように豪華な建物に入っていく姿はとても頼もしい。吉田も王子や吉田父との旅行はいつもゲートを使っているようで、ソワソワしているのは私だけのようだった。

「三名様ですね。順番にお通りください」

「わあ……！　すごい！」

やがて案内された先にあったのは、金色の大きな枠のようなものに囲まれた空間だった。枠の中の空気は虹色に波打っていて、向こう側は一切見えない。

魔法陣と聞いていたけれど、どちらかと言うとワープホールといった感じだ。これを通り抜けた先はもう、エレパレスらしい。

ファンタジーすぎてつい興奮してしまう私を見て、案内係の美しいお姉さんはくすりと笑った。

「今日は学生さんが多いようですが、エレパレスで何かあるんですか？」

「秋休みだし、皆さん旅行とか？」

「ああ、なるほど。それにしても最近の学生さんは美男美女ばかりですね」

目の保養になるわ、とお姉さんは両手を合わせ、うっとりと頬に当てている。

どうやら今日は、私達のような学生の旅行が多いらしい。とは言え、私の場合は旅行という名の今後の人生がかかった大事な突撃なのだ。改めて気合を入れ直す。

「行くぞ。放課後まであまり時間がないんだろう」

「うん！　そうだね、行こう！」

「いってらっしゃいませ。良い旅を」

笑顔のお姉さんに手を振り返し、私達はゲートの中へと足を踏み入れた。

◇◇◇

それから一時間後、私達はエレパレスの中心街にあるパーフェクト学園へとやって来ていた。

「こ、ここがパーフェクト学園……！」

白を基調とした校舎はまさにお城のような外観で、テーマパークにありそうだ。

まだ放課後にはなっていないようで、ほっとする。

このまま校門前で待機し、アンナさんの出待ちをする予定だ。

「ここでアンナって奴を待って、お前はそのまま話をするんだよな？」

「うん。ごめんね、付き合わせて。二人は近くにあるお店とかで待っていてもらえれば……」

「そいつを見つけたら、吉田とその辺観光してるわ」

「二人とも、本当に本当にありがとう！」

一人で他校に行くのは流石に緊張するため、二人がここまでついてきてくれて心強かった。

そんな中、じっと校舎を眺めていた吉田が口を開く。

「アンナというのはどんな見た目なんだ」

「それが一切知らなくてですね」

「……聞き間違いか？　知らないと聞こえたんだが」

「あっ、ものすごい美女だと思う」

「…………」

そう告げたところ吉田は片手で目元を覆い、深い溜め息を吐いた。セシルからはアンナさんの容姿について、何も聞いていなかったのだ。

改めて尋ねては「こいつ、そんなことを聞いて何をする気だ？」と怪しまれてしまう可能性があるため、何もできず今に至る。

「通りがかった人に聞けば、なんとかなるかなって」

我ながらガバガバな作戦だという自覚はあるものの、侯爵令嬢かつ王子がメロメロになるくらいの美女ならば、学園内でも有名人に違いない。

「あっ、生徒が出てきた！」

やがて敷地内に鐘の音が鳴り響き、玄関からは深緑色の制服を着た生徒達が出てくる。

私は慌てて鞄から変装用のサングラス、メモ帳とペンを取り出した。サングラスをかけると「こんなに似合わない奴いるんだな」とヴィリーに言われてしまったけれど、気にしないことにする。

制服はハートフル学園と似たシルエットではあるものの、ローブの模様などは違っていてとても可愛らしい。ランク分けのブローチの形も、少しだけ違うようだった。

「あ、サングラス落ちてきちゃった。ごめん吉田、ちょっとこれ持ってて」

小顔すぎるあまり、先ほど街中で適当に買ったサングラスがずり落ちてきてしまう。吉田にメモ帳とペンを預けた私は、慌てて両手で縁を押さえた。

「俺もあっちで聞いてくる、手分けした方がいいだろ」

「うん、そうだね！　ありがとう」

ヴィリーと二手に分かれた後は、一番親近感の湧いた桃色のブローチを身に着けた男子生徒に声をかけてみることにした。

「あの、すみません。アンナさんをご存じで？」

「えっ？　ええと、アンナ・ティペット様のことでしょうか」

「そうですそうです！　どんな見た目の方なんですか？」

「桃色の長いウェーブがかった髪と、青い瞳で――……」

なんだかヒロインっぽいと妙に納得しつつ、さらに細かな特徴を聞いていく。

あ、メモを取らなきゃ！　と慌てて振り返ったところ、ペンとメモ帳を預けていた吉田が代わりに書き取ってくれているようだった。

その優しさと気の利くイケメンぶりに感謝しながら、質問を続ける。

「――あと、口は小さくて形がとても綺麗です」

「なるほど、ありがとうございます！」

かなり細かく聞くことができて満足していると、吉田がメモ帳を差し出してきた。

「まあ、こんな感じだろう」

なんと吉田は文字でメモをとっていたのではなく、似顔絵を描いてくれていたらしい。

「こ、これは……？」

食べられるより食べる側といったモンブランの妖怪のような、ちょっとした侮辱罪にあたるレベルの化け物が生まれてしまっている。

変な声が漏れそうになるのを堪え、画伯に丁寧にお礼を言うと、メモ帳をそっと鞄にしまう。

そして引き留めてしまっていた男子生徒に頭を下げた。

「ありがとうございました。伺ったお話を基に、ここでアンナさんを待ってみます」

「あの、門は四つあるのでアンナ様がこの北門から帰られるとは限らないと思います」

「えっ？」

まさかのまさかで、パーフェクト学園には東西南北に校門が存在しているらしい。ハートフル学園は正門しか出入りができないため、完全に油断していた。出オチにも程がある。

このままではただ化け物の絵を手に入れただけだと頭を抱えていると、ヴィリーが二人の男女を連れてこちらへとやって来るのが見えた。

「こいつら、俺の友達なんだ」

「そうなんだ！　はじめまして、レーネ・ウェインライトです。こちらは吉田です」

「はじめまして、私はメラニーよ。こっちはベン」

二人も貴族らしく、ヴィリーとは幼い頃から付き合いがあるのだという。

仲良く手を繋いでおり、なんとカップルらしい。ベンくんの胸元にはBランクの紫、メラニーちゃんの胸元にはAランクである銀色のブローチが輝いている。

高ランク美男美女カップルに羨望の眼差しを向けていると、ヴィリーが「実はさ」と続けた。

「学園の中に入りたいって話したら、こいつらが制服とか学生証を貸してくれるって」

「ええっ」

驚きの提案に戸惑う私に、二人は頷いてくれる。

「その代わり授業は出てもらいたいんだけどね」

二人は明日で、付き合って一年になるという。制服を借りて入れ替われば、私達は堂々と潜入ができ、二人は学園をサボって記念日デートに行けるためｗｉｎ－ｗｉｎということらしい。

こちらとしても、願ってもないことだった。

「本当にいいんですか？」

「うん、レーネちゃんもヨシダくんもヴィリーの友人だし、姉妹校の生徒で身分もしっかりしてるしな。俺達としてもサボれてありがたいよ」

パーフェクト学園は単位制らしく、代返も余裕でできてしまうんだとか。授業を受ける教室に学生証を携帯して入るだけで出席扱いになるため、座っているだけで大丈夫らしい。

「うちの学園、本当にゆるいわよねえ」

「ああ、ハートフル学園の話を聞くとゾッとするよな」

ランク試験の結果が悪くても退学にはならない上に、カースト制度もない。季節ごとのイベント行事に力を入れていて、生徒同士の仲も良いのだという。

「て、天国では……？」

同じシリーズ作品のヒロイン同士でこうも差があるのかと、解せなくなる。

クソゲーで名高い初代は、よほど低レビューやクレームが多かったに違いない。

「俺はこの近くの出身だから割と顔が割れてるし、お前と吉田の二人で行ってこいよ」

「うん、分かった！　ありがとう」

「なぜ俺が……」

吉田は再び片手で目元を押さえ、深い溜め息を吐いている。一人だけではこの作戦は成り立たないため、本当に申し訳ないけれど付き合ってもらわなければ。

私のこの先の人生がかかっていると懇願すれば、吉田はしぶしぶ首を縦に振ってくれた。

「私、吉田に何かあったら一番に駆けつけるから！」

「そんな場面でお前が来たとして、事態が好転するとは思えんがな」

「確かに」

やはり友人達や兄に恩返しをするためにも、この世界のこと、そしてヒロインとしての自分を知った上で、ランクを上げていきたいところだ。

「それじゃあ、明日の朝七時半にまたここで」

「うん！　よろしくお願いします」

その後も話はとんとんと進み、明日の朝ここで二人に制服を借り、私と吉田はパーフェクト学園に潜入することになった。


その日の晩、私たちは少しお高いホテルへとやってきていた。私だけ別部屋というのも寂しく、同じ部屋にしてもらっている。

シングルベッドが三つくっついて並んでおり、私、吉田、ヴィリーという陣地分けをした。

「ごめんね、最短帰宅ルートが潰れちゃって」

「ま、秋休みはまだまだあるしな！　どうせ暇だったし」

「むしろ明日、帰れる訳がないと思っていたからな。想定内だ」

「ありがとう。絶対に明日で達成してみせるから！」

二人の優しさに感動しつつ、何かお礼ができないかなと悩みながら寝る支度を済ませていく。

「あ、寝言うるさかったらごめんね」

「お前には恥じらいがないのか」

「俺も絶対やばいわ」

ちなみにヴィリーは私達がパーフェクト学園に潜入している間、実家へ顔を出しに行くという。

その後は一回だけという約束で始めたカードゲームが盛り上がり、やめ時を失ってしまった。

やはり豪運のヴィリーと実は負けず嫌いな吉田、単に楽しくて仕方ない私の勝負は最終的に奇跡的に引き分けで終わり、ベッドに入った頃にはとっくに日付が回っていた。

「二人とも本当にありがとう。すごく楽しかった！」

「フン、まだ明日もあるだろう」

「明日は俺が勝つけどな！」

こうして友人達と過ごす時間が、本当に楽しくて仕方ない。二人に改めて感謝しながら、私は幸せな気持ちで眠りについた。

――そしていつの間にか私とヴィリーは吉田を押し潰しながら眠ってしまっており、朝から二人で土下座をすることになる。

パーフェクト学園へ

「レーネちゃん、すっごく似合っていて可愛いわ！　ただ、目立っちゃうかも」

翌朝、ヴィリーと別れ吉田と待ち合わせ場所へ行き、早速パーフェクト学園の制服に着替えた。

メラニーちゃんの言う通り、手鏡で見てみてもよく似合っている。さすが美少女ヒロインだ。

「こ、これがAランクブローチ……！」

そして胸元で輝く銀色に、思わず興奮してしまった。いつか実力でこの色を身に着けてみたい。

「うわあ、吉田もすごく似合ってるね」

「あら、本当。こっちもすごく目立ちそうだわ」

すらりとした高身長で深緑色の制服を着こなした吉田は、驚くほどに光り輝いている。

こんなイケメンがいれば、マンモス校とは言え「誰だっけ？」と話題になりそうだ。私といれば尚更だろう。

けれどそんなこともあろうかと、私は伊達メガネも用意してきたのだ。少しでも目立たないよう頭のリボンも外し、三つ編みスタイルにしてきている。

そして予備にと二つ買ってきた伊達メガネのひとつを吉田に「使う？」と差し出したところ、「は？」という顔をされた。

「俺は既にメガネをかけているんだが」

「あっごめん、吉田の一部すぎて素で間違えた」

黒縁メガネをかけると、「よし」と気合を入れる。

他校に潜入だなんて、なんだかスパイみたいでワクワクしてしまう。

「それじゃ、よろしくな」

「はい、ありがとうございます。記念日デート、楽しんできてくださいね！」

そうして二人に手を振って見送り、吉田の腕を引いて元気よく豪華な校舎に足を踏み入れる。

するといきなり、男子生徒に思い切りぶつかってしまった。

背中越しに吉田の溜め息が聞こえてくる。

「あっ、ごめんなさい！　大丈――」

いきなりやらかしてしまったと慌てて謝った私は、見上げた先にいた人物の顔を見て息を呑む。

この鮮やかな空色の髪と、整いすぎた顔立ちを見間違えるはずなんてない。

そこにいたのはなんと、従兄弟のセシルだった。

「……え、ええと」

まさかパーフェクト学園に潜入後、一秒でセシルに出会《でくわ》してしまうなんて予想外すぎて、冷や汗が流れた。私だとバレれば、死ぬほど怒られるに決まっている。

生徒数を考えても、唯一の知人に会う可能性などかなり低いだろうと高を括っていたのだ。

とは言え、私が制服を借りて潜入しているなど夢にも思わないはず。

「お前――……」

それでも、やけにじっと顔を見つめられ、流石にまずいかもしれないと焦り始めた時だった。

「……っ」

何故かセシルは赤面し、顔を逸らしたのだ。どうしたのかと不思議に思ったものの、すぐに気付いてしまう。

俺様ツンデレ純情ボーイであるセシルは元々、レーネのことが好きだったのだ。ただ単純に、好みのタイプの女子に照れているに違いない。

このまま妙に意識されたり、後で捜されたりしては困る。

この場からさっさと立ち去るためにも、私は二秒で考えた作戦を実行することにした。

「や、やだあ、ダー君、ごめんね！」

「は？　ダ……？」

「わざとじゃないとは言え、ダー君以外の男の子と触れ合っちゃうなんて……！　許してね？」

「…………」

甘えるような声を出し、吉田の腕に自身の腕を絡める。普段の私とは真逆のキャラ、そして彼氏持ちとなれば、セシルも疑ったり好意を抱いたりはしないはず。

吉田からはゴミを見るかのような、蔑むような視線を向けられているけれど、私は女優だと言い聞かせ、へらりとした笑みを浮かべ続ける。

「本当にごめんなさい！　それでは！」

そうして私はセシルに背を向け、吉田を引きずりながら歩き、その場から立ち去った。

適当に廊下を突き進んで角を曲がり、セシルの姿が見えなくなったところで吉田から腕を離し、ほっと息を吐く。

「ごめんね、ダー君。今のは私の従兄弟でして……」

「そのセンスのない呼び方はやめろ」

とっさに考えたカップルっぽい「ダー君」という愛称は、お気に召さなかったらしい。

ヨシダの「ダ」とダーリンを掛けており、我ながらナイスだと思っていたのに。

とにかく今後はセシルの存在にも気を付けねばと気合を入れ直し、メラニーちゃんにもらったメモを基に、一時限目の教室へと移動する。

魔法史の授業らしく、本当に聞いているだけで良さそうだと思いながら、一番後ろの隅の席に腰を下ろす。

「アンナさんっぽい人、見当たらないなあ」

講堂内はかなり広く何十人もの生徒がいる中、アンナさんの姿を捜したものの、桃色の髪は見当たらない。きっと、この授業には出席していないのだろう。

ハートフル学園とは授業内容も違うようで、隣に座る吉田は興味深そうに教科書を捲っている。

やはりその整った容姿のせいか、近くにいる女子生徒達の視線を集めてしまっていた。

「……やっぱり、味方がいると便利なんだけどな」

頬杖をつきペンを唇に乗せながら、今日のこれからの動きについて改めて考えてみる。アンナさんとひとつも授業が被らなかった場合、昼休みが肝になるだろう。

アンナさんの行動パターンを知る、この学園の生徒の味方がいれば楽なのに、なんて思っていた時だった。

「――隣いいか」

「あっ、はい！　どうぞ」

反射的に返事をし、やけにイケボだなと何気なく隣に腰を下ろした生徒の顔を見た私は、ぽろりとペンを落としてしまう。

隣には何故か、超絶イケメンが着席していた。

短めの銀髪に切れ長で形の良い目、太陽のように輝く金色の瞳。そんな彼は、褐色の肌が恐ろしいほどに似合っている。どう見ても只者ではない。

長年の乙女ゲーマー、そしてヒロインとしての勘が、彼は攻略対象に違いないと言っている。続編の舞台であるパーフェクト学園にも、セシルを含めた攻略対象は何人もいるのだ。

間違いなく関わってもいいことがないと判断した私は、教科書を捲り、集中しているアピールをする。

そんな中、褐色イケメンはがさごそと鞄の中を捜した後「あ、やべ」と呟いた。

嫌な予感しかしない。

「悪い、教科書見せてくんねえ？」

「ド、ドウゾ……」

「サンキュ」

ちゃらちゃらとした派手な見た目とは裏腹に、真面目な性格らしい。見た目で判断してしまったことを反省しながら、忘れてしまったものは仕方ないと、おずおずと教科書を差し出す。

むしろ今日限りの私に学ぶ必要はないため、思い切り目の前に置くとイケメンは小さく笑った。

そしてぺらぺらと教科書を捲っていき、やがて手を止める。

「これ、メラニー・ウォルシュの教科書か？」

「えっ？」

「あいつもこの授業とってんのに、おかしいな」

教科書に記名していないことは確認したのに、何故バレたのだろうと冷や汗をかいていると、イケメンはとあるページを指さす。

「…………!?」

そこにはなんとびっくり、ハートが大量に飛び交うベンくんとメラニーちゃんの相合傘の落書きがされていたのだ。

メラニーちゃんの乙女っぷりはとても可愛いものの、罠すぎる。ここでバレて不審者扱いされて追い出されては、元も子もない。

私は必死に頭を回転させ、苦し紛れの嘘を吐く。

「わ、私は二人の恋を陰ながら応援する者でして……」

「へえ？　変わった趣味だな」

ふーんという反応をされ、奇跡的に納得してくれたかもしれないとホッとしたのも束の間、「つーかさ」とイケメンは続ける。

「お前、うちの生徒じゃないよな？　こんな好みの女、一度見たら忘れねーもん。何してんの？」

そう言って笑顔のまま頬杖をついた彼は、耳元の大きなピアスを揺らし、首を傾げた。

好みの女だなんてさらりと言える彼はきっと、遊び人タイプの攻略対象なのだろう。こういうタイプがヒロインにだけは初めて本気になる、というシチュエーションは大変美味しいのだ。

彼の確信めいた態度から下手に誤魔化す方が危険だと悟った私は、大人しく従うことにした。

「どうかこのことは内密にしていただきたく……」

「そっちは彼氏？」

「いえ、友人というか親友、ソウルメイトでして」

「はは、なんだよそれ。すげー良いな」

背中越しには、私達の会話を聞いていたらしい吉田の溜め息が聞こえてくる。

きっと心の中では、私のことを生粋のバカだと思っているのだろう。まさにその通りだ。

「で？　なんでここにいんの？」

「人探しをしていまして」

「誰？」

「それはちょっと」

「おーい、ここに侵入——」

「アンナさんです！　アンナ・ティペットさん！」

慌ててそう言ったところ、イケメンは満足げな笑みを浮かべた。厄介なS属性まで盛り込まれているらしい。

「へえ、アンナに会いたいのか。俺、あいつとは仲良いから会わせてやってもいいけど」

「ほ、本当ですか⁉」

「ただし、お前が俺とデートしてくれるならな」

「………」

なぜイケメンは私に構ってくるのだろう。まさか「他校に侵入するなんて、おもしれー女」だとか思われているのだろうか。

そして物事を頼む代わりにデートをしてほしいなんて交換条件、漫画やゲームで一億回は見たことのある展開だった。

ただ、こういう場合は頼んだことを絶対にこなしてくれるのも世の常。

イケメンが何を考えているのか分からないけれど、一緒に出かけるだけで確実にアンナさんと会えるのなら、安いものではないだろうか。

それに身分を偽って侵入しているのがバレている以上、味方につけた方が良いに違いない。

そう思った私は、こくりと首を縦に振った。

背中越しに、先程よりも大きな吉田の溜め息が聞こえてくる。

「よし、じゃあ決まりな。昼休みになったら一緒にアンナに会いに行くか。俺はディラン。お前の名前は？」

「ええと、レーナです」

「俺はディランでいい」

万が一、裏切られてしまっては困るため、元の名前に似た偽名でいくことにする。

「そっちは？」

「こ、こっちは……よ、い、石田です」

「イシダか、変わった名前だな。よろしく」

「………ああ」

背中越しに石田からの「なにを勝手に適当なことを言っているんだ」という圧を感じる。

慌てて偽名を考えたものの、そもそも吉田は本名ではないため、変える必要がなかったことに気が付く。まあ、念には念を入れよだ。用心しすぎて困ることはないはず。

「じゃ、今日一日よろしくな」

「こちらこそ」

信用に足る人物か怪しいものの、ひとまず味方を得たことで、アンナさんに一歩近づけたような気がした。

二時限目以降はディランと別の授業だったため、昼休みに食堂でひとまず待ち合わせをすることになった。その後、アンナさんに一緒に会いにいくらしい。

吉田と共に教室移動をしながら、私は息を吐いた。

「石田はディランのこと、どう思う？」

「誰が石田だ。……まあ、そこまで妙な感じはしなかったな。ただ女性の趣味が悪い」

「ちょっと」

確かに吉田の言う通り、ディランからは悪意のようなものは感じず、ただ面白がっているだけのような感じがするのだ。暇つぶしくらいに思われているのだろう。

「とにかく油断はするなよ。お前の警戒心のなさは赤ん坊と張れるレベルだからな」

「はい、気をつけます！」

その後も吉田と共に仲良く授業を受け続け、三時限目はお待ちかねのマミソニア語の授業だったというのに、教師が急に来られなくなったらしい。

この授業を受ける予定だった生徒は何故か体育に振り替えという、最悪の展開になってしまう。

仕方なくメラニーちゃんから借りていた鍵でロッカーを開け、中にあった体育着に着替えた私は吉田と別れ、女子生徒の集団へと向かう。

どうやら今日はバレーボールのような球技をやるらしい。

いきなり試合形式らしいものの、前世では割と得意だったため、少しだけほっとする。

「私は次の試合か、よし休もう」

もちろんぼっちの私はひとり体育館の隅で体育座りをし、自分の番が来るのを待つ。

「……ふわあ」

壁に背を預けて黙っていると、昨晩は遅くまで遊んだせいか眠気が襲ってきて、うつらうつらとしていた時だった。

「きゃあ！　危ない！」

「――えっ？」

なんと私の顔面目掛けて、豪速球が飛んできたのだ。

このポンコツ魔法使いの私に、とっさに魔法で避けたり止めたりといった高等技術などできるはずもない。

誰か周りの人が止めてほしいと思った時にはもう、顔にボールが当たっていた。

「い、いった……うわあ……」

ずきずきと痛む鼻を慌てて覆うと、手のひらは真っ赤に染まっていた。周りにいた女子生徒達からは悲鳴が上がる。

今の鼻血まみれの私は、ヒロイン失格すぎる顔になっているに違いない。カットしてほしい。

とにかく保健室に行かなければと思ったものの、頭がぐわんぐわんとして、立ち上がることすらできない。だんだん視界がぼやけていく。これは割とやばいやつだ。

そんな中、誰かが駆け寄ってくる気配がする。

「おい、大丈夫か！」

「…………」

「おい、おいって――……レーネ？」

そしてそんな声を最後に、私は意識を手放した。

◇◇◇

「……あれ？」

ゆっくりと目を開ければ、真っ白な天井が目に入った。周りの景色から、ここが保健室だとすぐに悟る。

何度か瞬きをしているうちに、先ほど体育の授業中に顔面にボールが飛んできて、鼻血を垂らしながら気絶したことを思い出す。本当に酷い目に遭った。

治癒魔法をかけてもらったのか、一切痛みはない。

「はっ、そうだ！　よし――……」

「よお」

「あああああああ！」

今頃吉田はどうしているだろう、今は何時だろうと思いながら寝返りを打つと、目の前には腕を組んで私を見下ろすセシルの姿があり、口からは悲鳴が漏れた。

一体どうして、セシルがここに。

「色々と俺に話すことがあるよな？　レーネ」

「え、ええと……」

ベッドの側の棚の上には大破した変装用のメガネがあり、完全に素顔を晒しているのだ。もう誤魔化すのは無理だと、一瞬ですべてを諦めることにした。

どこから話そうかと頭を悩ませていると、セシルは大きな溜め息を吐く。

「どうせ、アンナに会いにきたんだろ」

「さすがセシル様、仰る通りでございます」

「それで何でこうなるんだよ、バカ」

「実はですね……」

そうして最初から説明したところ、セシルはどうして自分に相談しなかったんだと私の両頬をつねった。全く容赦がないせいで、かなり痛い。

「らっへ、ほんはひ仲良ふないひ……」

「は？　うっざ」

胸に手を当て、ブスだとかバカだとか言っていた過去の態度を思い出してみてほしい。

どうやらまだ四時限目らしく、ほっとする。昼休みのディランとの約束には間に合いそうだ。

ちなみに私の顔に当たったボールは、セシルが打ったものらしい。色々と運がなさすぎる。

「普通の女子だったらどうしようかと思ったわ」

「どういう意味？」

痛む頬を押さえながら、失礼すぎる従兄弟を睨む。

「で？　この後お前はどうするつもりなわけ」

「まずは相方のダーくんと合流しないと」

「ああ、そいつなら休憩時間にお前の様子を見に来て、また授業に戻ってったぞ」

冷静になると何故か他校でコスプレをし、一人で授業を受けている吉田に申し訳なさが募る。

「レーネの何なんだって聞いたら、監視役だとよ」

「よ、吉田……」

「なんか俺、あいつのこと好きだわ」

好き嫌いが激しそうなセシルのハートまで掴むとは、さすが吉田。罪な男だ。もちろん吉田が私の彼氏ではないということも、秒でバレたようだった。

「それと昼休み、ディランってイケメンがアンナさんに会わせてくれることになりまして」

「本当にお前は愚かだな。よりによってあいつかよ」

呆れたように再び大きな溜め息を吐いたセシルは、ねじ切りそうな勢いで私の頬をつねる。

やはり彼――ディラン・フォレットは女好きの軽薄な人物らしく、なんだかんだ真面目キャラなセシルはディランが大嫌いだという。

来るものは拒まずのディランは誰にも本気にはならないようで、傷つく女子生徒は多いんだとか。

「ま、お前があいつに本気になることはないだろ」

「そうだね、間違いなくない」

「とにかく俺も昼休み、一緒に行くからな」

遠慮という形でやんわり拒否しようとしても、嫌がるなら警備に突き出すぞと脅されてしまう。

けれど、ユリウスにも内緒で来たというのがセシル的には満足ポイントだったようで、思っていた以上に怒られることはなかった。


そして昼休みが始まる少し前、私はセシルと共に、一人で音楽の授業を受けているであろう吉田の元へと向かい、合流した。吉田には本当に申し訳ないと思っている。

「あれ、また取り巻きイケメン増やしてんじゃん」

セシルと吉田と共に食堂へ向かうと、すでにそこにはディランの姿があった。

やはりモテるようで、その周りにはきゃあきゃあとはしゃぐ女子生徒達の姿がある。

「お、メガネとったんだ。かわいいいな」

「破損しまして、不可抗力で」

「優等生のセシルくんまで虜にしたんだ？」

「んなわけねーだろ、黙れ死ね」

揶揄《からか》うようにそう言ったディランに対し、セシルはチッと舌打ちをする。

二人は相当、仲が悪いらしい。

「こちらのセシルとは親戚でして」

「へえ、全然似てないな」

「当然だろ。血は繋がってねえんだ」

「そうそう、血は……え？」

さらりと聞き捨てならない言葉が聞こえ、驚いて顔を上げる。一方のセシルは、何だよとでも言いたげな顔をしていた。

——私とセシルは、血が繋がっていない？

セシルは父の弟の息子なのだ、私と血が繋がっていないはずがない。何か理由があって嘘をついているのかもしれないと思っていると、ディランは「お」と声を上げた。

「ほら、あれがアンナだ」

その視線を辿ると、そこには大勢の生徒の中でも圧倒的に目立つ一人の女子生徒の姿があった。

「……あれが、続編のヒロイン」

一言で言えば、超絶美少女だった。ああ、これは誰だって好きになってしまうだろうなという納得の可愛らしさで、思わず見惚れてしまう。

ふわふわと柔らかな桃色の髪を靡《なび》かせ、食堂を歩くアンナさんは周りの生徒の視線をかっさらっている。そして数秒の後、空色の瞳と目が合った。

「さて、捕まえに行くか。逃げられたら困るんだろ？」

「う、うん！　お願いします！」

「今日は王子も休みだし、ラッキーだったな」

私の姿を見て驚いた様子のアンナさんの元へ、ディランはまっすぐに向かっていく。

アンナさんが狙っているらしい他国の王子は今日は休みのようで、周りには友人らしき女子生徒しかいない。

「はい、捕獲」

「えっ？　ディラン、急にどうしたの？」

ディランは後ろからがっしりと、アンナさんを両腕で抱きしめるように捕まえた。二人とも色気が溢れ出ているせいで、なんだかとてもアダルトな絵面だ。

アンナさんも「もう！」なんて言って笑うだけで、戸惑う様子はない。私とは経験値が違う。

「あの、私はレー」

「えっやばーい！　レーネちゃんだ！　すごーい！」

そんな中、声を掛けるとアンナさんは大きな瞳をキラキラと輝かせ、私の手を取った。

手紙では「巻き込まれたくないから関わらないで」という感じだったため、想像していたのと違う反応に戸惑ってしまう。そして可愛い。

「あの、わた」

「えー！　声もボイスと同じなんだ！　可愛い！」

「実は色々とおはな」

「お昼はこれから？　一緒に食べよ！　みんなごめんね、今日はレーネちゃんと食べてくるね！」

私が喋る間もないままアンナさんは話し続け、ディランの腕の中から抜け出す。そして友人らしき女子生徒達に声を掛けると、私の腕に自身の腕をするりと絡めた。

驚くほど自然で甘い良い香りがして、どきりとしてしまう。異性だったなら、一瞬で恋に落ちるに違いない。

そんな中、慌てて振り返り吉田やセシルに向き直れば、二人も色々と察してくれた様子だった。

「俺は吉田と飯食ってるから、二人で話してこいよ」

「……本当に俺は何故、ここにいるんだ？」

「俺も交ーぜて」

「うるせえ、失せろ」

「みんなごめんね、ありがとう！」

皆の協力のお蔭でアンナさんとこうして会えたのだ、感謝してもしきれない。後で必ずお礼をしなければ。

ひとまず昼食を食べながら話をしようということになり、私はアンナさんに腕を引かれたまま、他の学生達に交ざって注文の列へと並ぶ。

「うちの学園の食堂、すごい種類があって悩んじゃうんだ。ハートフル学園もこんな感じ？」

「うん！　でも、こっちの方が現代的な感じかな」

初めて会うはずなのに、まるで昔からの友人だと錯覚してしまう話しやすさがある。

アンナさんからはヴィリーのような、圧倒的な陽のオーラを感じた。

「あのね、ここのハンバーガー安くて美味しいんだよ！　元の世界で一番人気だったファーストフード店の味に似てて」

「ほんと？　私、一時期は週二で食べてたんだ」

「私も料理できないから、仕事終わりはいつもテイクアウトしてたなあ。なんかこういう話できるのって、新鮮で嬉しいね」

「わかる」

お揃いのランチセットを頼んだ後、私達は一番端のテーブルに向かい合って腰を下ろした。

「いただきまーす！」

「いただきます」

こうして両手を合わせてから食べるのも、すごく久しぶりな気がする。

私もいつの間にか、かなりこの世界に染まっていると実感した。

「ごめんね、無理やり会いに来ちゃって」

「本当にびっくりしちゃった！　……でもね、手紙を送った後に後悔したんだ。また死ぬのはやっぱり怖いけど、レーネちゃんも怖いだろうなって」

また、という言葉から、やはり彼女も死んでこの世界に転生してきたのだと悟る。

「レーネちゃん、ごめんね」

私は死んだのかな？　程度だったけれど、はっきりと死の瞬間の記憶があるとすれば、何よりも恐ろしい経験に違いない。

それなのに私のことを考えてくれ、謝る彼女は本当に優しい子なのだろう。

「あ、レアアイテム！　すごいね、レーネちゃん。全員の好感度が高くないと現れない隠しダンジョンを攻略したんだ」

ふと私の手元へ視線を向けたアンナさんは、再びぱあっと瞳を輝かせた。

宿泊研修以降いつまでも外れない、この呪いの指輪のことを言っているのだろうか。そもそも全員の好感度が高くないと、という言葉にも引っかかる。

聞きたいことは数え切れないくらいあるけれど、まずは攻略対象が誰なのか把握しておきたい。

そう思った私は、妙に緊張してしまいながら口を開く。

「私すぐに詰んじゃって、この世界のことを何も知らないんだ。だから色々と教えてほしくて」

「杏奈はフルコンして何周もしてて超詳しいから、何でも聞いて！　歩く攻略サイトって感じ」

よくこんなクソゲーをやり込めたなと尊敬しながら、私はアンナさんの空色の瞳を見つめた。

「ありがとう！　まずは攻略対象を教えてほしいな」

「うん、いいよ！　ええと、まずは王子のセオドア様でしょ、後はヴィリーとラインハルト、私の推しのアーノルドと……」

「吉田――じゃなかった、あそこにいるマクシミリアン・スタイナーは攻略対象じゃない？」

「あ、なんか見たことあると思ったけど、王子のお友達だよね？　攻略対象じゃないよ」

「よ、よかった……」

予想はしていたものの、ヴィリーやラインハルトも攻略対象だと思うと不思議な気分になる。

そして吉田が攻略対象ではないことにも、心底安堵した。

これで吉田ルートに突入という超展開はなさそうだ。

「あれ、四人しかいないの？」

「ううん、全部で六人だよ。あとはユリウスと、隠しキャラが一人いるから」

「…………えっ？」

信じられない言葉に、私は自身の耳を疑った。

だってユリウスは私の兄なのだ、そんなはずはない。

「ユリウス・ウェインライトも攻略対象、なの？」

「そうだよ？　王子と一番人気を争うくらいで、杏奈の友達もすっごく推してたなあ」

「だ、だって兄妹なのに、おかしくない？」

きっと何かの間違いだと思いながらも、心臓は嫌な音を立て早鐘を打っていく。

そんな私を見て、アンナさんは「変なレーネちゃん」なんて言って、困ったように微笑む。

「血は繋がってないんだし、普通じゃない？　義兄ルートなんて乙女ゲームの鉄板でしょ」

頭の中が、真っ白になった。


バッドエンド目前のヒロインに転生してしまった

「……うそ」

「こんな嘘つかないよ？」

呆然とする私を見て、アンナさんは「どうかしたの？」とこてんと首を傾げている。

――ユリウスは攻略対象で、私とは兄妹じゃない？

そんなはずはない、誰もそんなこと言っていなかったと思ったけれど、冷静になってみると「ユリウスと血が繋がっている」とも言われたことがないのだ。

最初に説明してくれたメイドのローザは新人だったし、知らなかったとしても不思議ではない。

『ユリウスお兄様は、絶対に渡さないから』

『あはは、そう来たか。本当に似てないよね、俺達』

『俺達が本当の兄妹じゃなかったら、どうする？』

『もう、そういうの面倒になってきた』

『俺、お前のお兄ちゃんなんかじゃないから』

点と点が線で繋がるような感覚に、目眩がしてくる。

どうして今まで気が付かなかったのだろう。とは言え、家族間で血が繋がっているなんて当たり前のことすぎて、確認をしろという方が無理がある。

先程セシルが『血は繋がってない』と言っていたことにも、納得がいく。

夏休みに見つけたレーネの母からの手紙に、私のことしか書いていなかったこと、ユリウスに対して他人行儀だったことにも。

私はきっとジェニー同様、後妻の娘だったのだ。

「それなら、どうして……」

ユリウスはなぜ、本当のことを言わないのだろう。

私が勘違いしていることは明らかだったはず。いつも揶揄ってくる流石のユリウスでも、勘違いしたままの私を面白がっていただけとは思えない。

「レーネちゃん、本当に大丈夫？」

「あっ、ごめんね！」

動揺してしまったものの、他にも聞くべきことはあるのだ。落ち着くよう自分に言い聞かせ、深呼吸をすると私は改めて口を開いた。

「それと手紙でも言ってた、その、私の死亡ＢＡＤっていうのは……？」

恐る恐る尋ねるとアンナさんは「あ」と気まずそうな顔をして、嫌な予感がしてしまう。

「そもそも無印はね、ランク試験ごとに規定ランクに達しないと即バッドエンドなんだ」

「えっ？」

セーブをこまめにしては、何度もランク試験に挑んで大変だったとアンナさんは続ける。

「次は一年冬だよね？　そこでＤランク、二年夏でＣランク、二年冬にはＢランク」

「………………？」

「三年夏の試験ではAランクに達していないとノーマルBADになっちゃうの」

「えっ……あの？」

「三年の卒業試験でSランクを取らないと、ノーマルだけじゃなく死亡BADもあるんだ」

「いやいやいやいや」

本当に待ってほしい。無茶振りにも程がある。クソゲーからの無理ゲーすぎて、詰んだとしか思えない。いい加減にしてほしいと、私は頭を抱えた。

そもそもSランクになるには、間違いなく魔力量の壁があるのだ。それこそ攻略対象の好感度が最大になっていなければ、厳しいのではないだろうか。

「キラキラ学園生活……青春……とは……」

「大丈夫だよ！　コツコツ頑張ればいいんだから！　とにかく誰かと恋愛しよう！」

「む、無理だよ……皆そういうのじゃないし……」

励ますようにアンナさんは私の手を取り、きつく握ってくれる。この攻略対象メンバーでは、恋愛をするのが一番ハードルが高い。

今の私はDランクだから、ひとまず十二月にある一年冬のランク試験はなんとかなるだろう。けれどその次の六月からは、ひとつずつ確実に上げていかなければならなくなる。

それがどれほど大変なことかは、もちろん分かっていた。

こんなの、常にバッドエンド目前のようなものだ。

「私達がバッドエンドを迎えたら、どうなると思う？」

「うーん、消えちゃいそうだよね。杏奈は卒業試験の時にFランクじゃなければセーフだけど」

「私だけ難易度壊れてない？」

実は私も、ずっと同じようなことを考えていた。

私達の人格がこの世界から綺麗さっぱり消えてしまいそうな、そんな気がしてしまう。

「あ、もうすぐ昼休み終わっちゃう！　レーネちゃん、あと聞きたいことはある？」

「えっ、えぇと……隠しキャラって誰？」

「すっごいサイコパスなキャラで、遠い国の教皇なの」

「すっごいサイコパス」

これまた物騒で濃いキャラが出てきた。とは言え、Sランクになれなければ死亡BADがあるというとんでもない話を聞いてしまった私は、もう何を聞いても驚かない自信がある。

「メレディスっていうんだけど、もう出会ってないかな？」

「あれ、どこかで聞いたような……」

「黒髪ですっごい顔はかっこいいんだよ」

必死に記憶を辿っていた私は、やがてそれらしい男性を思い出し「あ！」と声を上げた。

そうだ、夏休みの終わりに王城でのガーデンパーティーに行った際、黒髪黒目の驚くほど美しい男性に遭遇した記憶がある。

『俺はメレディス。覚えといて』

そして彼は間違いなく、そう名乗っていた。まさか既に隠しキャラに出会っていたなんて。

「死亡ＢＡＤは大体メレディスが犯人なんだ。だから気を付けてね、レーネちゃん」

どう気を付ければ良いのだろうと思いつつ、頷く。

アンナさんは急いでハンバーガーを食べ終えると、申し訳なさそうに両手を合わせた。

「ごめんね。今日は大切な用事があるから、昼休みが終わったら早退しなきゃいけなくて。何か困ったことがあったら、手紙送って」

「うん、本当にありがとう！」

「こちらこそ。レーネちゃんに会えてよかった！」

そうしてアンナさんに丁寧にお礼を言って別れた私は、情報過多すぎて頭が爆発しそうになりながら、吉田達への元へと戻った。

想像以上にハードモードで、冷や汗が止まらない。

「この世の終わりみたいな顔してるけど、大丈夫かよ」

「……全然大丈夫じゃないけど、大丈夫にする」

けれど、もう仕方がない。一度死んだ身で新たな人生を与えてもらえたのだから、文句を言うよりも感謝すべきだろう。でもやっぱりアンナさんは羨ましい。

ディランとセシルにも改めてお礼を言い、また放課後にと約束した私は、吉田と共に五時限目の授業へ向かう。

広い講堂に到着し着席すると、私は吉田の腕に縋り付くようにしがみついた。

「ねえ吉田、重い相談してもいい？」

「既に物理的に重いんだが」

「実はユリウスと私、血が繋がってないらしいんだ」

「本当に重いな」

――ユリウスは今、どこで何をしているんだろう。

誰よりも近い存在だと思っていたのに、今はひどく遠く感じてしまう。

次に会う時どんな顔をすれば良いのか分からず、私は呻きながら吉田の腕に顔を埋めた。


無事に、とは言い難いものの、メラニーちゃんとベンくんの代わりに授業を受け終えた私と吉田は事前に約束していた通り、カフェテラスでセシルとディランと合流した。

「みんな、今日はありがとう。なんとか目的は果たせて本当によかった」

まだこの世界についてアンナさんに聞きたいことは沢山あるけれど、今後は手紙で何でも聞いてほしいと言ってもらえたことで、かなり肩の力が抜けた気がする。

何より攻略対象とバッドエンド条件を聞けたことは、無知すぎる私にとって大きな成果だろう。

「お前ら、この後はどうする予定なんだ?」

「ひとまず別行動をしてる友達と合流して、明日中には三人で王都に戻るかな」

「おいレーネ、俺とのデートは?」

「あっ、そうだった」

約束は約束だし、ディランにもちゃんと協力してもらったのだ。私でよければ遊ぼうと頷けば、ディランは「決まりな」と白い歯をみせた。

エレパレスを案内してくれるようで、初めての街に胸が弾んでしまう。

セシルは思い切り眉を寄せていたけれど、やがて「仕方ねえな」と息を吐いた。

「じゃ、俺は吉田と遊ぶわ」

「何故そうなる」

「ほら、さっき話した場所に連れてってやるからさ」

「……いいだろう」

よく分からないけれどセシルと吉田は意気投合したようで、吉田もエレパレスを楽しめるのなら良かった。私は吉田に向き直ると、温かな手を両手で包んだ。

「正直、私だけ世紀末かな？　みたいな話を聞いても落ち着いていられたのは、吉田が近くにいてくれてるって安心感があったからだと思うんだ」

貴重な秋休みに何故か一人で他校の授業を受けさせるという、とんでもなく訳の分からない目に遭わせてしまったというのに、吉田はずっと優しかった。

「いつもありがとう！　絶対に恩返しさせてね」

「そんなものは必要ないと言っているだろう。別に見返りを求めてお前と一緒にいる訳じゃない」

「よ、吉田……！　私やっぱり吉田ルートを目指すよ」

「何の話だ」

嬉しくなって飛びつくと、それはもう大きな溜め息を吐かれてしまったけれど、好きだ。この世界でできた大切なものを絶対に失いたくないと思った私は、改めてしっかり生き抜くことを誓う。

「レーネ、そいつに何かされたら憲兵団に駆け込めよ」

「本当に酷いよな。慰めて」

「触るな」

泣き真似をして私に抱きつくディランを蹴り飛ばすと、セシルは吉田と共に馬車に乗り込んだ。

どうやら二人は「格好いい乗り物」に乗りに行くらしい。夏休みに吉田が嬉しそうに乗っていたトラウマレベルの激ダサポートを思い出しつつ、笑顔で見送る。

やがて馬車が見えなくなると、ディランは「行くか」と私の手を取った。そのあまりの自然さからも、よほど女性慣れしていることが窺える。

「どこに行きたい？」

「定番すぎる感じの観光スポットでお願いします」

「ははっ、了解」

とにかく思いっきり遊んで憂鬱な気分を吹き飛ばそうと決め、私はディランに手を引かれ、パーフェクト学園を後にした。


ユリウスもそうだけれど、やはりモテる男性というのは気遣いが細やかで、想像していた以上に私はエレパレス観光を楽しんでしまっていた。

観光スポットの中でも女性が好きそうな所を選んでくれており、本当にデートという感じだ。

何よりディランのコミュ力が高すぎて、初対面とは思えないくらい自然に過ごせている。食べ物も美味しいものばかりで街の人々も温かく、ぜひまたゆっくり来たいと思った。

「わあ、綺麗……！　エレパレスってこんなに広いんだ！」

そしてあっという間に日は暮れ、私達は本日最後の観光スポットである、エレパレスで一番高い建物だという塔へやって来ていた。

夕焼け色に染まる街並みが一望でき、あまりの美しさに感嘆の溜め息が漏れる。私の悩みなんてちっぽけに思えるほどの景色に、元気が湧いてくるような気がした。

ベンチに並んで座り、ディランを見上げる。金色の瞳も茜色に染まっていて、まるで宝石みたいだと思わず見惚れてしまう。

「ねえ、どうして私を誘ったの？」

「最初に言っただろ、好みだって」

「またまた」

パーフェクト学園にも、アンナさんを含めたくさんの美女がいた。私を誘った理由はきっと、それだけではないはず。そう思っていたのだけれど。

「いや、普通に見た目がすげえタイプだった」

「お、おう……」

「何だよその反応」

どうやら本当に単に好みだったらしい。口説かれることに慣れていないせいで、動揺する私を見てディランは可笑しそうに笑う。

とは言え、レーネも正統派ヒロインであり、美少女なのだ。全くもって不思議ではない。

「俺、卒業までに嫁を見つけないといけねーんだよな。だからビビっとくる相手が見つかるまで、好みの女は手当たり次第声掛けてるんだわ」

「な、なるほど……」

再び可笑しそうに笑うディランはなんと、ここから遠く離れた国の第四王子らしい。

今までの不敬すぎる態度を謝れば、そういうのは苦手だからやめてほしいとのことだった。

「悩んでるみてえだけど、やんなったら俺の国に来いよ。ハーレムで自由に暮らさせてやる」

「リ、リアルハーレム……」

きっとディランなりに元気づけてくれているのだろう。一緒に過ごした時間は短いし女癖は悪そうだけれど、彼がとても優しい人だということにも気が付いていた。

これからのこと、ユリウスのことを忘れて思い切り遊んで、頭の中がスッキリした気がする。

とりあえず明日王都に帰ったら、ウェインライト家について調べてみようと思う。ユリウスが屋敷に帰ってくるまで、まだ時間はあるのだ。

「よし、私も頑張ろう」

前向きに明日からまた頑張ろうと、顔を上げる。

「それじゃ、そろそろ帰るか」

「うん！　色々ありがとう！」

そうして手を引かれ、帰ろうとした時だった。階段を上がってくる数人分の足音や話し声が聞こえてきて、我々は団体さんが上がってきた後に下りようと、足を止める。

「――えっ？」

やがて屋上へ足を踏み入れた人物の顔を見た瞬間、私は自身の目を疑った。

だってまさか、こんなところで会うなんて事故のような偶然、あるはずがない。

「……は？　レーネ？　何でこんなとこにいんの」

そう呟いたユリウスは繋がれた私とディランの手を見て、不機嫌そうに眉を寄せた。

「ど、どうしてここに……」

「それはこっちのセリフなんだけど」

ユリウスがなぜ、エレパレスにいるのだろう。そう思ったけれど、そもそも行き先を聞いていなかったことを思い出す。

冷静になると旅行に行く場所としては第二都市など、最有力候補だろう。

思い当たらなかった私も大概だけれど、それにしたってこの街は広いのだ。こんなタイミングでこんな場所でエンカウントしてしまうなんて、不運にも程がある。

「レーネ」

いつもよりずっとユリウスの声音は低く、怒っていることが窺える。とは言え、当然だろう。

シスコンのユリウスが、この状況を見て怒らないはずがない。

今の私はパーフェクト学園の制服を着てコスプレし、謎の軽薄な雰囲気のイケメンに手を繋がれてデートスポットにいるのだから。何をどうしたって言い逃れなどできそうにない。

そもそもエレパレスに来ていること自体、隠していたのだ。

どうしようと内心頭を抱えていると、私達の様子を見ていたらしいディランが首を傾げた。

「あれ、誰？　お前の男？」

「……ええと」

いつものように「兄です」と言おうとしたものの、なんだか引っかかってしまい、口を噤《つぐ》む。

血は繋がっていなくとも、戸籍上は兄であることに変わりはない。そうは分かっていても、いざこうしてユリウスを目の前にすると、やはり動揺してしまう。

この世界に来た瞬間からさっきまでずっと、ユリウスは私にとって一番近い存在であり、血の繋がった兄だったのだ。たった数時間で消化できるような話ではない。

「あれ、レーネちゃん。何でこんなところにいるの？」

「ア、アーノルドさん……」

そんな中、ユリウスの後ろからアーノルドさんが顔を覗かせた。その周りにはSランク美女公爵令嬢のミレーヌ様や、美形揃いすぎるご友人達の姿がある。

アーノルドさんは私とディラン、ユリウスの顔を見比べた後、眩しい笑みを浮かべた。

「レーネちゃん、お兄ちゃんがいない隙に外泊して他の男とデートしてたんだ。悪い子だね」

「ち、ちが……わなくもなく……」

事実としては間違ってはいないけれど、それだけ聞くとかなり人聞きが悪い。勘弁してほしい。

「ねえ、いつまで手繋いでんの？」

「あっ……すみませ……ちょ、ちょっと」

「あ、レーネのお兄さんなんですね。初めまして」

「どうも。妹からそろそろ離れてくれないかな？」

やけに楽しそうなディランに対し、ユリウスは笑顔を返したものの、目は一切笑っていない。ユリウスの言葉を笑顔のままスルーしたディランは、手を離そうとする私を逆にぐいと引き寄せた。

初対面の第三者でも分かる、この修羅場めいた空気を楽しんでいるに違いない。先程とても優しいとかなんとか思ってしまったのは、訂正しようと思う。

「お兄さん、レーネと全然似てないですね」

「よく言われる。それと君のお兄さんじゃないから」

空気が重すぎて、足が地面に減《め》り込みそうだ。

――このままでは、間違いなく問答無用で王都に連れ戻されてしまう。吉田やヴィリーも待っているし、ここはひとまず逃げるべきだろう。

「クラスの友達と出掛けるんじゃなかった？」

「そ、それは本当だよ。今はたまたまディランといるだけで、吉田とヴィリーもいるから」

「ヨシダくんもいるってことは、最初からエレパレスに来ることは決めてたんだね。俺に黙って」

「……それは、ごめんなさい」

「言い訳すらしないんだ？　酷いな、レーネは」

エレパレスに何をしに来たのかを話せないのだから、言い訳なんてできるはずもない。一秒ごとにユリウスのイライラゲージが溜まっていくことを察した私は、ひとまず逃げることにした。

「い、家に帰ったらまた話そう！　ごめんね！」

ユリウスは最終日に王都に戻ってくるはず。それまでには顔を合わせる心の準備をしておこう。

そう決めて私はユリウスに背中を向けるとディランの腕を引き、塔の階段を駆け下りた。

◇◇◇

あの後、また連絡すると言ってディランと別れた私は、前日と同じホテルへ帰宅した。

『本当にさっきの、お前の兄貴なのか？』

『うん。どうかした？』

『あんなの、どう見ても妹を見る目じゃねえだろ』

『…………？』

別れ際にディランが言っていた言葉が、頭から離れない。怒っていたせいか、身内に向けるものとは思えないほど冷たい眼差しだったとかだろうか。

「ただいま！」

既に吉田もヴィリーもホテルへ戻ってきており、ヴィリーは実家のお土産を渡してくれた。領地の特産品で作った美味しいお菓子のようで、帰りに三人で食べようと約束する。

私もディランのオススメだという、エレパレスの美味しいお菓子を二人にも買ってきていた。

ちなみに吉田は、セシルとボートに乗って来たらしい。今はそこで買ってきたという、どう見ても呪われている恐ろしい見た目のボートの模型を嬉しそうに磨いている。

「二人とも本当にありがとう！　無事に目的は達成できたから、明日は観光して王都に帰ろうね」

「ああ」

「よかったな。あ、なんか美味いもん食おうぜ」

「もちろん！　ご馳走させて」

夕食までまだ少し時間があるようで、何か二人に飲み物でも買ってこようと決めた私は売店的なものがあったはずだと、財布を持って部屋を出る。

「……へ」

するとちょうど目の前の部屋のドアが開き、そこから出てきたのはなんと、先程ぶりのユリウスだった。ユリウスも驚いたようで、両目を見開いている。

けれどすぐに、呆れを含んだ笑みを浮かべた。

「な、なんで……」

「何でって、俺もこのホテルに泊まってるからね」

偶然が奇跡レベルで重なりすぎていて、くらくらと目眩がしてくる。流石に向かいの部屋はやりすぎだと思う。

もちろんまだ心の準備などできていなかった私は逃げるように部屋に戻ろうとした、けれど。

「逃がすわけないでしょ」

「ちょっ……」

そのまま手を引かれ、ユリウスの部屋へ引きずり込まれてしまう。

ドアが閉まった瞬間、両腕を掴まれ、壁に押し付けられた。薄暗い室内でも、あまりにも距離が近すぎて、ユリウスの整いすぎた顔がはっきりと見える。

「本当、いい加減にしてくれないかな」

「………」

「俺がいない間に嘘吐いて出掛けて、他の男と二人きりで遊んで楽しかった？」

このシチュエーションには、覚えがあった。——ああ、そうだ。体育祭の時や夏休みにも、こんな風に壁ドン状態になり、怒られた記憶がある。

「……なんで俺だけを見てくれないの」

けれど過去とは比べ物にならないくらい、ユリウスが苛立っていることにも、その瞳が熱を帯びていることにも、気が付いてしまった。

今まではこうして密着しても距離感バグだなんて言って笑っていたけれど、血が繋がっていないという事実を知った途端、急に落ち着かなくなる。

「浮気しないでって言ったよね？」

「そ、そもそも、私達の間には浮気も何もないわけで」

「……どうして急にそういうこと言うわけ？　もしかしてあの男のこと、好きにでもなった？」

「ち、違うよ！　とりあえず離れていただきたく……」

火に油を注いでしまったらしく、より距離が近づく。こんなもの、「ゼロ距離のようなものだ。

なんだか急に知らない男の人のように思えてきて、心臓が大きな音を立て、早鐘を打っていく。

「て、ていうか絶対、兄妹でこんな距離感おかしいよ」

「俺はそういうの気にしないから」

こっちが気にするんだと言いたいのを堪え、完璧すぎるユリウスの顔から視線を逸らし続ける。

すると左手を掴まれていた手が離され、頬に触れられた。

「ねえ、レーネ。様子がおかしいけど、なんで？」

「…………」

「俺、なんかした？」

やはり心の準備ができてない今、これまで通り振る舞うなんて不可能すぎる。ここで正直に「私達が兄妹ではないと知っちゃいました」と伝えるべきなのかどうか、私は頭を抱えた。

――そもそも、ユリウスが私に血が繋がっていないことを隠していた理由が分からないのだ。何か理由があるだろうし、私が口に出せば、ユリウスにとって不都合なことが起こるに違いない。

「レーネ」

私は今まで通りの関係でいたいし、ひとまずはこのまま黙っているのが一番いい気がしてきた。

ユリウスだって血が繋がっていなくとも、シスコンを拗らせるくらい私を妹として好いてくれているのだから。

『こんなのおかしいよ、私はユリウスの妹なのに！』

『もう、そういうの面倒になってきた』

『えっ？』

『俺、お前のお兄ちゃんなんかじゃないから』

とは言え、蛇に噛まれた際の言葉を思い出すと、兄のフリをするのが面倒だという節もあって、やはり色々と気になってしまう。

「え、ええと、その……」

何よりシスコンを拗らせていたって、妹に「俺だけを見ろ」なんて言うものだろうか。

私はヒロインでありユリウスは攻略対象で、一番長く一緒に時間を過ごしていたのだ。

万が一、いや億が一にも恋愛感情的なものが多少芽生えていてもおかしくはない。悲しいくらいに恋愛に疎い私は、いくら考えても正解が分からず頭がパンクしそうになる。

けれど、いつまでも黙っていられるような雰囲気ではなさそうで、慌てて口を開く。

「ユ、ユリウスって私のこと、好きなの？」

その結果、口から出たのはそんな問いで、あまりにもストレートすぎるだろうと愚かな私は頭を抱えた。本当に間違いすぎた。

やっぱり今のはナシで！　と顔を上げれば、動揺したような様子のユリウスと視線が絡んだ。

いつも余裕たっぷりのユリウスらしくない姿に、こちらも戸惑いを隠せなくなる。てっきり笑い飛ばされると思っていたのに、どうしてそんな顔をするのだろう。

「……俺、は」

そこまで言いかけて、ユリウスは再び口を噤む。

「………………」

「………………」

しばらく何とも言えない沈黙が流れた後、ユリウスは息を吐き、いつも通りの笑みを浮かべた。

「ごめんね、レーネ」

「えっ？」

「可愛い妹をとられると思って、感情的になっちゃったみたいだ。俺らしくなかったよね」

「そ、そうなんだ……」

その言葉に、心底ほっとする。やはり私をただの妹として可愛がってくれているのだ。

こんなハイスペックなイケメンが、見た目は美少女といえど中身が残念極まりない私を好きになるわけがないというのに、恥ずかしすぎる勘違いをしてしまった。

『恋愛感情に振り回されるような子は好きじゃないかな。なりふり構わない姿とか見ると、吐き気がする』

『レーネは冷たいね。そういうところが良いんだけど』

もしかすると、自身に恋愛感情を向けない「妹」としての私が気に入っているのかもしれない。

歪な家庭で育ち女性関係のトラブルに巻き込まれ続けたユリウスは、恋愛感情を向けられること
に対し嫌悪感を抱いているのだろう。

『俺、この家をいずれ乗っ取るつもりだから』

そしてあの父に対しても、良い感情を抱いていないのは明らかだった。母親の存在は聞いたこと
がないし、きっと今のユリウスに心を開けるような家族はいない。

まだ十七歳なのだし、孤独を感じるのは当然だ。恋情ではない愛情を向けてくれる、自分をちゃ
んと見てくれる存在を――家族を求めているのかもしれない。

記憶を失い血が繋がっていると思い込んでいる私なら、その条件を満たせる。

そこまで思い当たった瞬間、点と点が繋がったような感覚がした。

『何があっても、俺のことを嫌いにならないでね』

そんな中で、悲しませてしまったことを思うと胸が痛んだ。私だって、兄としてユリウスのこと
が好きなのだから。

そして全てを黙ったまま今まで通り過ごし、ユリウスを大切にするべきだという結論に至った。

「ユリウス、色々ごめんね。もう、こんなことはしないし、ユリウスの側にいるから！」

「本当に？」

「うん。私達はずっと仲良し兄妹だよ！」

そう言った途端、ぎゅっと抱きしめられた。「ごめんね、ありがとう」と呟いたユリウスはいつ
も通りだけれど、やはり私の方はそうはいかない。

そのうち妙なドキドキにも慣れ、いつも通りに戻れるはずだと自身に言い聞かせた。

「……俺って、意気地のない人間だったみたいだ」

「どういう意味？」

「こっちの話」

私の肩に顔を埋めたユリウスは、珍しくへこんだような様子を見せている。理由を尋ねたところ私のせいではないらしく、ほっとする。

とにかく私さえちゃんとすれば、きっと今まで通りの日々に戻れるはず、絶対に大丈夫。

そう、思っていたのに。


「――はあ、何度も同じことを言わせないでください。ですから、私とお姉様、卒業時に成績の良かった方がお兄様と結婚することになっているんです」

「…………な、なんて？」

私は次々と新事実を知り、混乱を極めることになる。

変わらずにはいられない

「それじゃ、私は部屋に戻るね。先に王都に帰って待ってるから、最終日たくさん遊ぼう！」

「うん。気をつけて」

頭を撫でてくれたユリウスと離れて部屋に戻ろうとしたところ、不意に腕を引かれ、再び抱きしめられる。

「レーネが俺の見えないところにいるの、嫌だなって」

「……ユリウス？」

「重いよ」

「早く俺しか見えないようにしないと」

そんな恐ろしいことを笑顔で言われた私は再び「ほんと重いよ」と突っ込んだ後、いつもの兄だとどこか安心さえしながら、吉田達の待つ部屋に戻った。

ユリウスが向かいの部屋だったと話したところ、ヴィリーは「お前の兄ちゃん、やっぱなんかすげえよな」と語彙力のない感想を述べていた。

色々とあったものの、ユリウスとの関係は変わらずにいられそうだ。

「それにしても飯、すげー美味かったな！　生肉みたいなやつ、今すぐまた食いてえもん。あ、先シャワー浴びてこいよ」

「すごいね、そのセリフを健全に言えるの」

吉田とヴィリーと美味しい夕食をいただき、部屋に備え付けのシャワーを先に浴びさせてもらった私はソファーに座り、のんびりと雑誌に目を通す。

次にシャワーを浴びたヴィリーは満腹で眠くなったのか、髪を乾かさずに寝落ちしてしまった。

風邪をひいては困ると思い、風魔法で乾かしてあげようと余計な気遣いをした結果、あまりにも魔法が下手すぎて髪が全て立ち上がり、戦闘民族のようになってしまった。許してほしい。

シャワールームから出てきて牛乳を飲んでいた吉田はそんなヴィリーの姿を見て噴き出し、牛乳まみれになって出戻りすることになり、めちゃくちゃ怒られた。

「じゃあ、電気消すね」

「ああ」

「あ、吉田も寝る時はメガネ取るんだ」

「なぜ取らないと思った？」

そんなこんなで寝る支度を済ませた私と吉田も、並んでベッドに入った。流石に他校潜入というカロリーの高すぎるミッションにより吉田もかなり疲れたようで、先程から眠そうだ。

エレパレスに来てからまだ二日だとは思えないくらい、濃い時間を過ごしたように思う。

「……なんかね、私の知らないことって、たくさんあったんだなって思った。家族のことも、自分のことも」

首元まで布団を被り、ぽつりとそう呟く。

この世界について無知な自覚はあったけれど、何を知らないのかも知らない私は、想像以上にまだまだ知らないことがあるのだと実感した。

返事はないものの、隣にいる吉田はちゃんと聞いてくれている気がして、続ける。

「それにユリウスと血が繋がってないって知って、ショックだったんだと思う。きっと理由があるのも分かってるけど、隠されていたのもちょっとだけ寂しかった」

　前世で家族のいなかった私にとって、血の繋がった兄という存在は大きかった。とは言え、家族にとって大切なのは、血の繋がりではなく心の繋がりだということも分かっている。

　何より私だって記憶喪失だと嘘を吐き、沢山のことを隠しているのだ。ひどく自分勝手な感情だというのも分かっていた。

「当然だろう。俺だって家族と血が繋がっていないと知れば、平気でいられるとは思えない。明るく振る舞い続けるお前に感心すらした」

「よ、吉田……」

「だが、お前の兄がお前を大切に思っているのは、他人の俺から見てもよく分かる。その気持ちを吐き出すのはここだけにしておけ」

　話ならいくらでも聞いてやるから、と言う吉田の優しさに胸を打たれる。吉田は私だけでなく、ここにいないユリウスのことも考えてくれているのだ。

　やはり吉田と友人になれて良かった、と思いながらお礼を言えば「ああ」とだけ返される。

「吉田に話したら、すっきりした。もう大丈夫！」

「そうか」

「本当にありがとう。将来、私と家族にならない？」

「結構だ」

　そうして吉田に愛の告白をした私は布団に潜り込み、どこか晴れやかな気持ちで眠りについた。

翌日、朝から三人でエレパレス観光をし、ユリウスへのお土産も買った私達はゲートで王都へと帰ってきた。

「吉田、ヴィリー、本当に本当にありがとう！」

ウェインライト伯爵邸の前で馬車から降り、二人の手を取って改めて感謝の気持ちを伝える。

「私、絶対にSランクになって、二人を将来食べさせられるくらいのすごい人になるからね！」

「大きく出たな」

「期待しないで待ってるわ」

馬車が見えなくなるまで手を振った後、屋敷に入ったところ、すぐにジェニーに出会した。

「あら、お姉様。男性方と連日外泊だなんて、はしたないですね」

どうやら吉田達と別れるところを見られていたらしく、呆れたような視線を向けられる。

長い髪をポニーテールにしているジェニーを見て、ふと体育祭で彼女や彼女の取り巻きに思い切り転ばされ、暴言を吐かれたことを思い出す。

『平民の娘だもの。汚らわしい』

あの時はユリウスのことも悪く言っているようなものだろうと違和感を抱いていたけれど、あれは母親が違うからこそだったのだ。

家族のことを調べるにしても、使用人は全てを話してくれるとは思えないし、流石に父には聞きづらい。そう思った私は、じっとジェニーを見つめた。

「ねえ、ジェニー。少しだけお茶をしない？」

「はあ？　何よいきなり、毒でも入れる気？」

「もう、ジェニーじゃないんだからそんなことしないよ。少しだけ聞きたいことがあって」

ジェニーは信じられないくらいに性格が悪いけれど、過去の発言からして、私に家族関係について隠そうとはしていなさそうだ。

だからこそ、ダメ元で彼女から話を聞けないかと尋ねてみる。

「……いいわ。三十分後、私の部屋に来てください」

「えっ？」

すると、まさかのまさかでＯＫされた。戸惑いながらも自室へと戻り着替えと片付けをした後、初めてジェニーの部屋へと向かう。

ドアをノックするとすぐに「どうぞ」という声が聞こえ、私はそうっとドアを開けた。

「失礼しまーす……」

中へ入ると、私の部屋と同じ造りだとは思えないくらい、豪華で高級感ある空間が広がっていて驚いてしまう。びっくりするほど良い香りもする。

白と水色を基調にした部屋の中心には、これまたお高そうなテーブルセットがあり、既にお茶の準備がされている。

足を組み、椅子に座っていたジェニーは私をちらりと見ると、向かいの席を手で指し示した。

「座ってください」

椅子に座ると、すぐにメイドがお茶を淹れてくれ、ずらりと並ぶ可愛らしいお茶菓子の前に、ティーカップが置かれる。

まさかジェニーがこんなにも丁重に出迎えてくれるとは思わなかった。

「急にごめんね。準備もありがとう」

「これくらい最低限以下です。お姉様も伯爵令嬢として、少しは勉強したらいかがですか？」

「……スミマセン」

それに関しては返す言葉がない。ジェニーは所作だって綺麗だしマナーもしっかりしていて、時折口は悪いものの、どこからどう見ても完璧な貴族令嬢だ。

正直、人生どころか命のかかったランク試験へ全力を注ぎたいけれど、今後もこの世界で生きていくことを考えると、私もそういった勉強をすべきだろう。そこだけはジェニーを見習いたい。

ジェニーはメイドを下がらせると優雅な手つきで紅茶を一口飲み、静かにティーカップをソーサーに置いた。

「それで、聞きたいことって？」

「この家について聞きたいの。私って記憶喪失でしょ？　本当に何も覚えていなくて、その、誰とも血が繋がっていないっていうのも数日前に知りまして……」

正直にそう話せば、ジェニーは「は？」と言いたげな呆れた顔をする。

けれどやがて、大きな溜め息を吐いた。

「……今まで話が噛み合っていなかったことに納得がいきました。会話が成り立たないほど、頭が悪すぎた訳ではなかったのですね」

「ちょっと」

本人を前にしてここまで悪口を言えるのは、一周回って清々しさすら感じる。

ジェニーは全く気にする様子がないまま続けた。

「まあ、兄妹全員血が繋がっていないなんて褒められたことではないもの。極力隠していますし、特にお姉様の母親は社交の場に出ることもなかったので、周りが知らないのも当然でしょう」

「そうなんだ……」

「特にお母様は前妻が平民だなんて恥ずかしいと常に言っていますから、事情を知る人間にはきっちり箝口令《かんこうれい》を敷いているのかもしれませんね」

なるほど、それが理由なら貴族である友人達が知らなかったことにも納得がいく。使用人達も口に出さずローザのような新人メイドは知らないため、屋敷内でも私が知ることはなかったのだ。

セシルだって「お前ら血が繋がってないだろ」なんて当然のことを、わざわざ言うはずがない。

「こんな話を知っても状況は何も変わりませんし、大人しく低ランクで足掻いていてください」

「状況って？」

何のことだろうと首を傾げていると、「一から百まで説明しないと何も分からないなんて、本当に面倒ですね」と舌打ちされてしまった。

とは言え、色々と教えてもらっている立場の私は「スミマセン……」と大人しく謝っておく。

「お兄様が伯爵家を継ぐのは決定事項ですが、その妻の座はまだ決まっていないでしょう？」

「うん。ユリウスには婚約者もいないし」

以前、兄の誕生日パーティーで「父が決めた相手とすることになっています」と話していた記憶はある。けれど相手の話など聞いていないし、まだ決まっていないと思っていた。

「それ、私とお姉様のどちらかなのよ」

「うん？」

信じられない言葉が耳に届き、私は即座に聞き返す。

するとジェニーは大きな溜め息を吐いてみせた。

「はあ、何度も同じことを言わせないでください。ですから私とお姉様、卒業時に成績の良かった方がお兄様と結婚することになっているんです」

「…………な、なんて？」

これが聞き返さずにいられるだろうか。私とジェニーのどちらかがユリウスと結婚だなんて、意味が分からなさすぎる。

何度聞いても理解できそうになく呆然とする私を他所に、ジェニーは頬杖をつき、可愛らしい色をしたマカロンを食べている。

「お父様はとっくにおかしいのよ。……お母様もね」

いつも両親の前でにこにこと愛想の良い笑みを浮かべているジェニーは、まるで別人のように冷たくそう言ってのけた。

——それから詳しく話を聞いたところ、自身が魔法使いではないことにコンプレックスを抱いている父は、ウェインライト家から優秀な魔法使いを出すこと、魔法使いの血を濃くすることに対して異常に執着しているという。

魔法使いから魔法使いは生まれやすいらしいけれど、他に方法などいくらでもあるはずなのに。

「ど、どうかしてる……」

「本当にね」

血が繋がっていないにしても、今の私達は兄妹なのだ。妹同士を争わせた末に兄と結婚させるなんて、どうかしているとしか思えない。

バッドエンドまみれな上になんという悪趣味な設定を作ってくれたんだと、心底ゲーム制作者を恨んだ。そんな中、ふと過去の記憶が蘇る。


『レーネには、卒業までにSランクを目指してほしい』

『俺の人生が懸かってるんだ』

『今日は俺達の将来のために、レーネをみんなにお披露目する日にしようと思ってるんだ』

『俺、この家をいずれ乗っ取るつもりだから』

『何があっても、俺のことを嫌いにならないでね』

そして、気付いてしまう。

ユリウスには何か事情があって、この家を乗っ取ろうとしており——そのためにはジェニーではなく、私と結婚する必要があるのではないだろうか。

『……ねえ、俺を助けてくれないかな？』

あの時のユリウスはいつもの冗談なんかじゃなく、本気で救いを求めているように見えたのだ。

「とにかく、お姉様はこれまで通り大人しくしていてください。どうせ足掻いたって私に勝つのは無理でしょうし、お兄様と結婚するのは私——」

「ごめん」

「えっ？」

ジェニーの言葉を遮るようにそう言ったことで彼女は顔を上げ、形の良い眉を寄せる。

私はきつく手のひらを握りしめると、口を開いた。

「……私、ジェニーには負けられないかもしれない」

「なんですって？」

ジェニーの整いすぎた顔が、怒りに染まっていく。それもそうだろう、過去の私は散々「お似合いだと思うよ」「頑張って」なんて言っていたのだから。

——けれど、今なら分かる。私が記憶喪失だと告げた直後、今まで会話すらなかったらしいユリウスが「これからは俺が助けてあげようか」と言い出したのも、私を利用するためだったのだと。

『お前は、俺以外を好きにならないでね』

『むしろ困るのは、レーネの方だし』

そんな過去の言葉もそうだ。いずれ結婚するつもりだったからこそ、恋愛をして他の誰かを好きになってしまえば面倒なことが起きたり、私が辛くなったりするのが目に見えているからだろう。

春のランク試験の時だって、自身の成績を顧みずに私のことを助けにきてくれたのも、私が退学になればジェニーとの結婚がその時点で確定してしまうからだ。

何もかもが繋がり、心臓が早鐘を打っていく。

私を助けてくれていたのも、優しくしてくれていたのも全部、利用するためだったのだ。そう思うとほんの少しだけ寂しいような悲しいような、傷ついたような気持ちになってしまう。

それでも、今のユリウスが私を大切に思ってくれていることだって分かっていた。

だから過去のことなんてもう気にしないし、ユリウスの力になりたい。今までの様子を見るに、兄には相当深刻な事情がありそうだった。

何より私自身、死亡BADを回避するためにもSランクにならなければいけないのだ。

ユリウスだって本気で私との結婚を望んでいるわけではないだろうし、きっと両親と繋がっているジェニー相手だと不都合があるからだろう。

その辺は兄のことだから、いずれ上手くやってくれそうではある。

ひとまず私がジェニーに勝つのが先決だ。

「私、絶対にSランクになるから」

「はっ、夢を見るのは勝手ですからお好きにどうぞ」

ジェニーは鼻で笑うと、前髪をかき上げた。

「でも急にどうしたんです？　ああ、結局、お兄様のことが好きになったのね」

「えっ……いや、それは、その……」

「あんなに完璧な男性なんて、他にいないもの」

勝手にジェニーは納得した様子を見せているけれど、全然違う。

ただ、ユリウスの力になりたいなんて言っては彼の今後の計画に支障が出るだろうし、他に良い言い訳も思いつかなかった私は、適当に誤魔化しておくことにした。

「ま、まあ、そんなとこ……かな……」

「記憶喪失前のお姉様が知れば、卒倒するでしょうね」

「……どうして私とユリウスって仲が悪かったの？」

「さあ？　でも、お兄様のせいで母親が死んだと言って泣いていたのは見たわ」

「えっ……」

またもやとんでもなくヘビーな設定が出てきて、たらりと冷や汗が流れる。ウェインライト家、本当にいい加減にしてほしい。昼ドラを超えている。

かなり気になるもののジェニーはこれ以上知らないようだし、こんな話を直接ユリウスに聞けるはずもない。流石に元のレーネの勘違いだろうし、ひとまず忘れることにする。

やがてジェニーは鬱陶しいとでも言いたげな顔をすると、息を吐いた。

「話はそれだけなら、そろそろ出て行ってください」

「あ、うん。色々教えてくれてありがとう。お茶もごちそうさま」

返事すらなかったけれど、私は「お邪魔しました」と頭を下げてジェニーの部屋を後にし、自室へと戻るとベッドへ倒れ込んだ。

移動疲れや衝撃的な話を聞きすぎたせいで、心身ともに疲労してしまったのか、眠気が込み上げてくる。そのまま目を閉じると、私は夢の中に落ちていった。

◇◇◇

「ニュシア草とリマム……リマムアルーヤの花の実を合わせて煮込むと、魔法耐性の強い液体が生成できる……リ、リマムマ……リマムマヤ……」

翌朝、私は早起きをすると早速机に向かっていた。

とにかく勉強をしなければ、何も始まらない。むしろ始まらないどころか終わるのだ。ユリウスが帰ってくるまで、あと三日ある。部屋にこもりひたすら勉強をしていようと思っていた、のに。

「ただいま、レーネちゃん」

何故か兄は予定よりも早く帰宅したようで、爽やかな笑みを浮かべて私の部屋へとやってきた。

「な、なんでいるの」

「アーノルドが可愛がってた馬の子供が産まれそうだって連絡が来た途端、すぐに帰るって言い出してさ。じゃあ俺もって付いてきた」

動物がたくさんいるというアーノルド王国では、そんなことも日常茶飯事なのかもしれない。

なんだかいつもよりも兄がキラキラして見えて、首を傾げつつごしごしと目元を擦ってみる。

「早くレーネに会いたかったし、ちょうど良かったよ」

「さ、さようで……」

「勉強してたんだ、えらいね」

後ろから覗き込んできたユリウスの髪がふわりと首筋に触れて、どきっと心臓が跳ねた。顔が熱くなり、指先ひとつ動かせなくなる。今までこんな風になったことなんて、一度もなかったのに。

「……ち、ちかい」

「なに？　その可愛い反応。いつもは距離感バグがなんとかって言って、押し退けてくるのに」

ユリウスはくすりと笑うと「着替えてくるね」と言い、私の部屋を出て行く。

ほっとして一気に力が抜けた私は、倒れるように机に突っ伏した。

「まずいまずいまずいドキッじゃないほんと違う間違えたいつも通りいつも通りいつも通り……」

想像以上に「いつも通り」の難易度が高すぎる。

結局のところ、ユリウスを兄だと思って過ごしていたとは言え、その期間はたったの五ヶ月弱なのだ。そもそも限界があったのかもしれない。

ユリウス・ウェインライトという人は信じられないくらいに顔が良く、スタイルも頭も良く魔法だって何でも使いこなせる、チートな存在なのだ。それはもうモテる。

それでいて私にだけ優しくて甘いなんて、意識するなという方が無理がある。

私はユリウスのことを誰よりも格好いいと思っていたし、実の兄だと思っていた時ですら何度もうっかりときめいてしまっていたのだから。

『もしも本当の兄妹じゃなかったら、どうする？』

『……うーん、普通に好きになってたかもしれない』

『本当に？　でも、兄妹じゃなかったら俺を好きになる？』

『うん。でも、もしもの話だよ、もしもの』

『あはは、そうだね。もしも、ね』

そんな過去の会話が蘇ってきて、やはり今まで通りになんてできそうにないと私は頭を抱えた。


その後、坐禅を組み心を落ち着かせようとしていたところ、シンプルな白いシャツと紺のパンツに着替えたユリウスが再びやってきた。

着替えるのみで荷物も解くことなく、本当に置いてきたただけのようで驚いてしまう。

「は、早いね」

「うん。少しでもレーネと過ごしたくて」

そんなことをさらりと言うと、ユリウスはこちらへ近づいてきた。顔とスタイルが良すぎると、シンプルな服装が何よりも似合うのだと思い知らされる。

同時にまたどきりとしてしまい頬を思い切り叩いた私を見て、ユリウスは形の良い眉を顰《ひそ》めた。

「なにやってんの？　ほんとレーネ変じゃない？」

「心を鎮め邪念を払っているのです、これからは勉強に集中しようと思いまして」

「ああ、冬のランク試験？」

床に座っていた私の側にしゃがみ込み、納得したように頷く。いちいち近いので心臓に悪い。

「でもその前には学園祭もあるし」

「が、学園祭⁉」

「後はレーネの誕生日も」

「わ、私の誕生日……⁉」

驚いて顔を上げると、ユリウスは「やっぱりそれも忘れてたんだ」と目を瞬いた。

「一月二十日がレーネの誕生日」

「そうなんだ……はっ、もしかして私もユリウスの時みたいな盛大なパーティーを……？」

以前ユリウスの誕生日があったけれど、その際は貴族まみれの大規模なパーティーがあったのだ。

突然ダンスをさせられ、冷や汗が止まらなかった記憶がある。

「ううん、レーネは毎年嫌だって言うから夕食を家族でとるだけだったよ」

「よ、良かった……」

ユリウスのように上手く立ち回れる気などしないし、不安しかないためほっとする。

——前世でも毎年誕生日はいつも通り仕事で、帰り道にコンビニで小さなケーキを買って帰るくらいだった。もちろん、誰にも祝われることもない。

そして買っておいたゲームを開封し、プレイするというのが恒例だったものの、今思うとあまりにも寂しい誕生日で、ホロリと涙が出そうだ。

「来年も嫌なんだ？」

「うん、私はユリウスとかみんなと過ごせたら嬉しいな……あっでも忘れて、何でもない」

よく誕生日パーティーをしました的な投稿をＳＮＳで見かけたりしていたけれど、ああいうのはきっと周りの友人たちが企画して開かれるものに違いない。

私から当日に遊ぼうと誘っては、プレゼントだったりと色々気を遣わせてしまうだろう。

「そう言えば、一年冬のランク試験の技術試験は、的当ての代わりに魔法付与だよね。よかったらまた教えてもらってもいい？」

「いいよ、もちろん」

今までユリウスと練習するたび、急成長できていた理由も彼が攻略対象だったからなのだろう。

今後は存分にその恩恵に甘えさせていただき、ランクアップを目指していきたいと思っている。

「でも、明日からにしようよ。こうして一緒に過ごすのも数日ぶりだし、ゆっくりしたいな」

ユリウスは立ち上がり、手を差し出す。その手を取ればぐいと引き上げられ、抱きしめられた。

「あー、落ち着く」

「……っ」

ユリウスと真逆で、私はドキドキが止まらず口から心臓が出そうになる。

こんな調子で本当に大丈夫なのだろうか。優しい体温と甘い香りにくらくらとしてきた私はユリウスの胸元を両手で押すと、数歩後ずさった。

「そうだ！　お、お茶！　飲もう！」

「別に喉は渇いてないけど」

「テレーゼから届いたの！　ほら、夏休みにリドル侯爵領で飲んで美味しかったやつ！」

そうしてソファーへ移動しメイドを呼んでお茶を淹れてもらった後、空気と話題を変えるべく、気になっていた学園祭について尋ねてみることにする。

「そう言えば、学園祭って何をするの？」

「普通だよ。各クラスで模擬店をやったり、後は毎年違ったイベントをやったりしてるかな。去年はミスターミスコン」

「うわあ……」

少女漫画の世界のイベントに、妙な感動すら覚えてしまう。

その前の年は大食い大会だったようで、相変わらずブレブレな世界観だ。

「それ、ユリウスも出たの？」

「出たっていうか、勝手に投票されててさ。気が付いたら優勝してた」

「う、うわあ……」

やはりこの兄、主人公すぎる。ちなみに去年の一年生部門の優勝は、ユリウスとミレーヌ様だったらしい。納得だ。

私達の学年なら誰が優勝するのだろう。やはりテレーゼや王子、ラインハルトあたりだろうか。

私は迷わず吉田に投票するに違いない。

「確か秋休み明けから準備が始まるから、そろそろだと思うよ。今年は何だろうね」

学園祭が終わるまでは準備で忙しくなるようで、放課後もみんな残って準備をするんだとか。

もちろん楽しみではあるけれど、勉強はあまりできそうにないなと焦燥感を感じていると、ユリウスは私の頭をぽんと撫でた。

「勉強もちゃんと俺が教えてあげるから、安心して」

「ユ、ユリウス様……」

「学園祭、楽しめるといいね」

「うん、ありがとう！」

私を利用したいだけならば、絶対にこんなことは言わないはず。ユリウスの気持ちに胸が温かくなるのを感じつつ、先程とは違う胸の高鳴りを感じる。

「……なんだろう、これ」

「うん？」

つい口に出してしまい顔を覗き込まれた私は、慌ててユリウスの手元にあった紙袋を指さした。

「そ、その包みが何かなって」

「これ？　レーネへのお土産だよ」

「……あ」

秋休み前、お土産を交換しようと約束したのだ。元々は王都で当たり障りのないものを買おうと思っていたけれど、結局色々とバレたため、私もエレパレスで買ってきていた。

「私もユリウスに買ってきたから、交換しよう！」

「そうだね」

お互いにお土産を渡し、ドキドキしながら包みを開けた私の口からは、間の抜けた声が漏れる。

なんと中に入っていたキーホルダーは、私がユリウスに買ってきたものと同じだったからだ。なかなか良いお値段で中心には小さな宝石がついており、その色まで全く同じだった。

「驚いたな、まさか同じだなんて」

「ね、本当にびっくり！　こんなことってあるんだ」

「結局お揃いになったね」

顔を見合わせて笑い、手のひらの中のキーホルダーを見つめる。宝石は何種類かあり、私はユリウスの瞳と同じ色のものを選んでいた。

「ユリウスはどうしてこの色を選んだの？」

「レーネがこれを見るたびに、俺のことを思い出してくれたらいいなって」

「なにそれ、私はピンク色の宝石がついたキーホルダーを買えば良かったかな」

いつもと変わらないシスコンの兄に、私も少しだけ肩の力が抜け、ふざけてそう言ったのに。

「物なんてなくても、俺はずっとレーネのことだけ考えてるから大丈夫だよ」

至近距離で見つめられ、当たり前のようにそう言われたことで顔に熱が集まっていく。本当にいい加減にしてほしいと思いながら、パッと顔を背けて俯いた私を見て、ユリウスはくすりと笑う。

「なに？　本気で照れてくれてんの？　なんて――」

そこまで言いかけて、言葉が止まる。

動揺しすぎている私を見て、何か気付いてしまったのかもしれない。

「……え、本当に？」

ユリウスの声色が、真剣なものへと変わる。

このままではユリウスの求める「妹」ではなくなってしまうと思った私は、きつく両手を握り締めると、なんとか笑顔を作り顔を上げた。

「ま、まさか！　あまりにもシスコンすぎて恥ずかしいなと思っただけ。外ではやめてよね」

「……ふうん？　そっか」

それ以上は何も言われず、少しだけほっとする。

いつも落ち着いている吉田や王子に、平常心を保つ方法を教えてもらおうなんて考えながら、私はキーホルダーをそっと握りしめた。

第六章 ハートフル学園祭編

学園祭へ向けて

秋休みが明け、再び学園が始まる日の朝。

支度を終えて部屋を出ると、廊下でばったりジェニーに出会した。

「あ、おはよう！　ジェニー」

「…………」

「あれ、聞こえなかったのかな？　おはよう！」

「聞こえています！　朝からうるさいわね！」

制服に身を包み、丁寧に髪を結い上げている彼女は、冷ややかな目で私を見て舌打ちをする。

「たかだか一度一緒にお茶を飲んだからといって、親しげな顔をしないでください。目障りだわ」

「そんな飲み捨てみたいな……」

「何よ飲み捨てって」

それだけ言うと、ジェニーはすたすたと廊下を歩いて食堂へと向かっていく。安定の態度に妙な安心感すら覚えながら、私も朝食をとりにいこうとした時だった。

「おはよ、レーネちゃん」

「ひっ」

突然ユリウスが後ろから抱きついてきて、驚きや妙なドキドキで口から短い悲鳴が漏れる。一体どこから聞いていたのだろうと、冷や汗が流れていく。

「あんな思いっきり無視をするジェニーとレーネが、二人きりでお茶したの？　本当に？」

全然最初からだった。会話の内容まではバレないようにしなければと思いながら、平静を装う。

「ほら私、最近お茶にハマってるでしょ？　それで、ジェニーがすごく珍しい茶葉があるって言うから土下座の勢いで懇願して、一杯だけ飲ませてもらったの」

「ふうん、それなら俺がいくらでも用意するのに」

なんとか納得してくれたようで、ユリウスは微笑むと「行こっか」と私の手を引き、食堂へと歩き出した。

こんないつも通りのことでも、やはり私の心臓はうるさいくらいに早鐘を打ち続けている。

男性の免疫がなさすぎる自分を心底呪いながら、緊張しつつ大きな手を少しだけ握り返す。

「学園祭準備がある日も一緒に帰ろうね」

「わ、分かった」

「同じ学年だったら良かったのにな」

「そんなの兄妹の定義が崩れ……あっ、既にジェニーとは同級生姉妹だった」

改めて考えてみても、ウェインライト伯爵家の闇は深すぎる。その後、ユリウスは手を繋いだまま両親やジェニーが待つ食堂へ入ろうとするものだから、引き剥がすのにかなり苦労した。

そんなこんなで登校し、教室へ入り元気に挨拶をすると、クラスメート達は次々と挨拶を返してくれる。それだけですごく嬉しくて、じーんと胸が温かくなった。

「おはよう、テレーゼ！」

「ふふ、朝から元気ね。おはよう、レーネ」

一週間ぶりのテレーゼの美しさに目がチカチカしながら席につくと、私達の席の周りには「おはよう！」とユッテちゃん達が集まってくる。

みんな学園祭の話題で浮き立っているようだ。

「学園祭と言えば恋だよ！　学園祭ラブチャンス！」

やけにイベントが多い中、毎回そう言っている気がするけれど、その貪欲さを見習いたいといつも思う。

「ユッテ、気合入ってるよね。秋休みも朝から晩まで運動してダイエットしてたんでしょ？」

「すごいね！　さらに可愛くなった気がするもん」

「ふふ、ありがとう。やっぱり好きな人には、少しでも可愛いって思われたいなあって」

「か、かわいい……私、全力で応援するから！」

音楽祭で隣席になったイケメン先輩との仲は順調らしく、幸せそうな様子を見ているだけで、つられて笑顔になってしまう。

「告白はしないの？」

「後夜祭の花火の時にね、告白しようと思ってるんだ」

「わあ、花火なんてあるんだ」

「知らないの⁉　後夜祭の花火を手を繫ぎながら一緒に見ると、結ばれるって話！」

ディスティニーシートといい、ハートフル学園には一体いくつジンクスがあるのだろうか。

けれど本当に好きな人ができたら、いくつもあるジンクスに頼りたくなるくらい、一生懸命になれるのかもしれない。やはりそんな恋には憧れるなと思いながら、みんなの話に耳を傾ける。

「レーネちゃんは何かないの？」

「私は相変わらずさっぱり。音楽祭だって兄のユリウスと隣になっちゃったし」

「あの席、百パーセントの効果があるって聞いてたのに、不思議だよね」

恋はしたいものの、私はまずランク試験をなんとかしなければならないのだ。

学園祭ラブに関してはユッテちゃんの応援に徹しようと思っていると、委員長が教卓に立った。

「今年はクラスごとの模擬店はなくなり、やりたい人達だけやることになったそうです。メンバーは学年クラス問いませんので、自由に仲間を集って参加してください」

「えっ」

あまりにも雑すぎる。クラスメート達とクラスTシャツなんかを作り、放課後に残って一緒に作業し絆を深めるというのが学園祭の醍醐味だと思っていたのに。

けれど、そう決まってしまったものは仕方ない。当日友人達と楽しく回るだけにして、大人しく冬のランク試験の勉強に集中しようと考えていた時だった。

「また、今回は売り上げが最も多かった上位三チームには、ランク試験での加点があるそうです」

「ええっ」

ちょっと待ってほしい。そうなると、話は180度どころか540度くらい変わってくる。ランク試験の加点というのは、あまりにも大きい。どうやら初めてのことらしく、クラス中が騒ついていた。

――そしてふと、ヒロイン（私）が他クラスや他学年の攻略対象とも交流ができるように、という雑な設定ではないかと思い至った。

もう少し他に方法があっただろうと心の中で突っ込みつつ、ここはぜひ参加し、上位を狙いたいところだ。

「参加希望の方は、今週末までに申し込みをお願いします。メンバーは十名から二十名です」

それだけ言い、委員長は自席へと戻っていく。とにかくまずは仲間を集めなければ。

私はすぐに隣の席に座るテレーゼに向き直ると膝の上に両手を置き、頭を下げた。

「テレーゼさん、どうか私と学園祭の模擬店をやっていただけませんか……！」

「ふふ、そんな頼み方しなくてもいいのに。私も学園祭は楽しみたいし、一緒に頑張りましょう」

小さく噴き出したテレーゼは私の肩にそっと手を置き、女神の微笑みを向けてくれる。

あまりの眩しさに目が眩《くら》みつつ、私もまたそんな彼女の両肩に手を置き、まっすぐに見つめた。

「ありがとう、テレーゼ！　私、頑張るから！」

「ええ。やるからには上位を目指さないとね」

彼女は自力で余裕Sランクなのだ、私のためにそう言ってくれているのだろう。優しさに胸を打たれた私は、改めて気合を入れた。

「あと八人は必要だけど、誰を誘うの？」

「ひとまず宿泊研修で一緒だったメンバーは誘いたいな。みんなと一緒にできたら、すごく楽しいだろうし」

大好きな友人達と学園祭準備から一緒にできたら、とても楽しい思い出になるに違いない。何より彼らとなら協力し合い、上手くやれる気がする。

ただ問題はみんな人気者だろうから、他からも誘われている可能性もあるということだ。

そんな中、ちょうど目の前を鮮やかな赤が横切っていき、私は慌てて声を掛ける。

「ねえ、ヴィリー！　一緒に模擬店やらない？」

「ん？　いいぜ！　楽しそうだよな」

あっさりとOKされホッとしていると、近くにいた男子生徒達が「先越されちゃったな」と肩を落とした。どうやらこの後、ヴィリーを誘う予定だったらしい。

本当に私達と組んでいいのか確認したところ、「おう！」と明るい答えが返ってきた。

「で、何をやるつもりなんだ？」

「まだ何も決めてないんだけど、とりあえずメンバーを集めようかなって。とりあえず一時限目が終わったら吉田とセオドア様、ラインハルトをスカウトしてくる」

「おう！　あいつらと一緒ならぜってー楽しいよな」

「そうだね！　絶対絶対楽しい！」

最初はランク試験の加点が欲しいという理由だったけれど、だんだんと純粋に楽しみな気持ちが大きくなっていく。

その後、ソワソワした気持ちで授業を終えた私は、急いで吉田と王子のクラスへと向かった。

「あ、レーネちゃん。スタイナー様なら後ろにいるよ、今日席替えしたんだ」

「そうなんだね、ありがとう！」

私を見つけた吉田のクラスの子がすぐに案内してくれ、顔パス状態の私はそのまま後ろのドアへと移動する。

すると一番後ろのドア側というベストポジションに吉田、その前の席に王子の姿があった。

「吉田、セオドア様、おはよう！」

「……………」

「朝から声が大きいなお前は」

「へへ、ありがとう」

「別に褒めてはないぞ」

うるさいと言いたげな顔をした吉田は開いていた本を閉じ、私に身体を向けてくれる。

王子はどうかしたのかという表情を浮かべ、じっとエメラルドの瞳で私を見つめていた。私の勘違いの可能性が非常に高いものの、最近では王子の考えが読み取れるようになってきた気がする。

「どうした、また教科書を燃やされたのか」

「あっ、その節は大変お世話になり……ええと今日は、学園祭の模擬店を一緒にやらない？　って誘いに来たの」

「ああ、そういや今年は自由参加になったらしいな」

どうやら二人はまだ、誰にも誘われていないらしい。とは言え、彼らは既に高ランクなのだ。ランク試験の加点も必要ないし、誘いづらいのかもしれない。

「本音を言うとランク試験の加点がめちゃくちゃ欲しいんですが、みんなと楽しく思い出をつくりたい気持ちもたくさんあります！　二人ともどうか助けてください！」

「正直か」

告白時のように右手をまっすぐに出し、頭を下げる。

するとすぐにそっと手が触れ、やっぱり吉田はツンデレだなと顔を上げると、手をとっていたのはまさかの王子で、私は驚きで目を瞬く。

赤ちゃんのようにきゅっと右手の指先を握る王子の破壊力に、心臓が消し飛ぶかと思った。

「セ、セオドア様……！　私と一緒に学園祭、参加していただけるんですか……？」

「…………」

誰よりも多忙なはずなのに、無表情のままこくりと頷く王子に胸を打たれる。不敬だとは分かっているけれど、可愛く見えてしまう。

私の手を掴んだままの彼の手を握り返し、とても嬉しいと何度も伝える。

すると王子の形の良い唇の端がほんの少し上がり、視界の中の女子生徒達が膝から崩れ落ちた。

「……セオドア様が参加するなら仕方ない、見張り役として参加してやろう」

「よ、吉田……！　セオドア様は見張らなくても大丈夫だろうけど、すごく嬉しい！」

「お前の見張りだ、バカ」

腕を組み、やれやれと大きな溜め息を吐く吉田も参加してくれるらしい。

さらに嬉しくなった私はもう片方の手で吉田の手を取り、ぶんぶんと振った。

「ありがとう！　絶対に楽しいものにしようね！」

「うん」

「フン、せいぜい足は引っ張るなよ」

これでメンバーは私含め、五人になった。あと五人以上は必要だと思うと、なかなか先は長い。

やがて吉田ママにそろそろ予鈴が鳴るから教室に戻り、次の授業の準備をしろと言われた私は、二人にもう一度お礼を言って軽い足取りで教室へ向かった。


教室移動も多く授業の合間にラインハルトを誘えなかった私は昼食後、カフェテリアに彼を呼び出していた。私の好みの紅茶をさっと頼み支払い、運んでくれ、紳士イケメンを発揮している。

「レーネちゃんと模擬店？　もちろんやるよ」

「本当に？　ありがとう！」

「こちらこそ誘ってくれてありがとう」

模擬店を一緒にやろうと早速誘ったところ、満面の笑みを浮かべ快諾してくれてほっとする。

するとラインハルトは、私が何気なくテーブルに置いていた手に自身の手を重ねた。

「ランク試験の加点が必要なんだよね？　僕、どんなことをしてでも役に立ってみせるから」

「えっ？　あっ、ありがとう！　私も頑張るね！」

何やら、ものすごいやる気を感じる。嬉しいもののあまり気負わないでほしいと言えば「大丈夫だよ」とやはり眩しい笑顔を向けられた。本当に大丈夫だろうか。

「でも、何をしようかな？　売り上げが最も多かった上位三チームだから、とにかくお金を使ってもらわないといけないし」

さすが貴族の生徒が多いファンタジー学園だ。「一番お金を使わせたら勝ち」という学生イベントしからぬシステムが恐ろしい。

生徒の家族など一般のお客さんもかなり入るようで、果たして一位になるにはどれほどの売り上げが必要なのか、想像もつかない。

「普通のカフェとかじゃ儲かりづらいよね」

「うん、単価の高いものが良さそうだね」

「確かに。でも、何があるかな……学園祭だし……」

うーんうーんと必死に案を考えていたところ、不意に見知らぬ男子生徒が私達の座る席へとやってきた。どうやらラインハルトのクラスメートらしく、用事があるらしい。

「ノークス様、次の授業の先生が呼んでいましたよ」

「……分かった。ごめんね、レーネちゃん。また後でゆっくり話をしたいな」

「もちろん！　行ってらっしゃい」

離れがたいと顔に書いてあるラインハルトを見送り、一人になった私は再びどうしようかと頬杖をつく。やはり言い出した私が良い案をしっかり出さねばと、頭を悩ませていた時だった。

「どうしたの？　レーネちゃん」

そんな声に顔を上げると、そこにはユリウスとアーノルドさん、ミレーヌ様の姿があった。

今日も顔面偏差値が天元突破している三人に囲まれ、私の角膜は焼き切れそうになる。昨年の学園祭のミスターミスコン優勝をしたというユリウスとミレーヌ様は、並ぶと絵になりすぎていた。

「うっ……じ、実は学園祭のことで悩んでいまして」

「ああ、模擬店の上位はランク試験に加点されるんだっけ。レーネは絶対参加すると思ってたよ」

向かいの席が空いているというのに、当然のようにユリウスは私が座っていた椅子にずいと腰を下ろし、二人で半分ずつ使う形になる。

やはりまだ血が繋がっていない事件のせいで、どきりとしてしまう。動揺を顔に出すまいと、私はぬるくなり始めていたティーカップに口をつけた。

すると今度は肩に腕を回され、思い切り噴き出しそうになる。

このシスコン兄、今日も距離が近すぎる。

「へえ、レーネちゃんは参加するんだ。何をするの？」

「その内容が決まらず、悩んでおり……」

「メンバーは？」

「今のところ六人だけ集まりました。そもそも十人以上というのも難しくて」

私に質問を続けるアーノルドさんは「そっかそっか」と呟くと、にっこりと微笑んだ。

「じゃあ、これで九人になるね」

「えっ？」

そう言ったアーノルドさんは、ミレーヌ様とユリウスへと視線を向けた。ユリウスはさておき、まさかミレーヌ様までカウントしているのだろうか。

「あら、私も交ぜてくれるの？　嫌じゃない？」

「い、いえ！　むしろミレーヌ様こそいいんですか？」

「ええ。とても楽しそうだわ」

髪色と同じ美しい金色の睫毛《まつげ》に縁取られた目を柔らかく細め、ミレーヌ様はふわりと微笑む。

思わず「お姉様……！」と見惚れていると、ユリウスが「こら」と私の目を片手で覆う。

「俺以外に見惚れんのやめてくれない？　浮気者」

「あらやだ、同性にまで嫉妬するなんて」

ユリウスの手を退けると、呆れたように笑うミレーヌ様と目が合った。

正統派美少女のテレーゼとはまた違う色気のある美女で、恐ろしいほどモテるに違いない。

「じゃ、あと一人だね」

「本当にみなさんも参加してくれるんですか？」

「うん。楽しそうだし、学年も問わないって決めてくれた学園側に感謝しないと」

この三人が参加してくれるとなると、かなり心強い。むしろユリウス達の存在だけで、いくらでも集客できる気がする。

「あと一人必要なら俺が連れてこようか？　秋休みの旅行も一緒に行ってた奴」

「ああ、あの茶髪の」

「そうそう」

エレパレスで地獄のエンカウントをしてしまった際、確かユリウスの後ろに茶髪の可愛い系のイケメンがいたことを思い出す。

友人達も他のメンバーは私に任せてくれると言っていたし、兄の友人なら色々と安心だろう。ぜひお願いすることにする。

「ありがとうございます！　みなさんが一緒に参加してくれるなんて、とても心強いです」

「まあ、可愛いわね。このままユリウスには似ないで育ってほしいわ」

「うるさいな」

こんなやりとりをするあたり、やはりユリウスとミレーヌ様はかなり気安い仲のようだ。

「もしよければ今日の放課後、早速集まりませんか？　準備期間も限られていますし」

「もちろん。俺は去年の学園祭、家の用事で参加できなかったから楽しみだなあ」

アーノルドさんだけでなく、二人も頷いてくれてほっとする。

この後、他のメンバーにも伝えなければ。

「俺もレーネとの学園祭、楽しみにしてる」

「うん！　楽しい思い出たくさんつくろうね」

「そうだね」

ユリウスはくしゃりと私の頭を撫で、微笑む。

そんな私達にアーノルドさんとミレーヌ様は、本当に仲が良いねと生暖かい視線を向けている。

一方の私は、口から心臓を吐き出しそうになっていたけれど。

とにかく予想よりもずっと順調に進みそうで、私はこれからの学園祭準備に胸を弾ませた。


ユリウス達と別れた私は吉田と王子のもとへ寄り、二人も放課後集まってくれることとなった。

その足でラインハルトのクラスへ行き、伝言を頼む。

クラスに戻りテレーゼとヴィリーにも声を掛けたところ、二人も参加してくれるようで、ほぼ全員集まることができそうだ。

これだけ心強い仲間達がいれば、私ひとりで気負わなくてもいいだろう。学園祭が俄然《がぜん》楽しみになり鼻歌を歌っていると、お菓子を手にユッテちゃんがやってきた。

秋休みに国外へ行ったお土産らしく、ありがたくお菓子の詰め合わせだという小袋をいただく。

「レーネちゃん、ご機嫌だね」

「うん！　学園祭が楽しみなんだ」

「あ、もしかして模擬店？」

そうしてこれまでの流れと参加する予定の友人や先輩方を話したところ、ユッテちゃんは突然私の肩を両手で掴んだ。

「待って、ジェレミー先輩も参加するの⁉」

思い切り前後に揺さぶられ、視界がブレる。

口から内臓を吐き出しそうになりながら、なんとか口を開く。

「た、たぶ、ん……」

「あっ、ごめんね！　つい興奮しちゃって」

「だ、大丈夫だよ。ユリウスが『あいつは俺の誘いを断ったことがない』って言ってたから、多分、く、来るんじゃないかな……」

無事解放された私は未だに脳が揺れるのを感じながら、彼女の話を聞くことにした。

「実は音楽祭で隣の席になった先輩ってね、ジェレミー先輩のことなの」

「ええっ」

まさかユッテちゃんが話していたイケメン先輩が、兄の友人のイケメン先輩だったとは。やはり世の中は狭い。

そしてこれこそ学園祭ラブチャンスではと思った私は、ユッテちゃんの手を取った。

「良かったら、ユッテちゃんも一緒に模擬店やらない？　私、そういうアシストとかあまり上手じゃないかもだけど、二人で過ごせるように頑張るから！」

「レーネちゃん……！　ありがとう……」

ぎゅっと抱きつかれ、甘くて可愛らしい香りが鼻をくすぐる。ユッテちゃんがどれほど恋愛に対して憧れを抱いていたか、努力を重ねたてきたか、私は知っている。

神殿に日参《にっさん》していたことを思い出すと、涙が出そうになる。私自身めいっぱい楽しみつつ、ランク試験の加点も狙いつつ、友人の恋の応援もしたい。

とても有意義な学園祭になりそうだと思いながら、私はユッテちゃんを抱きしめ返した。


そして放課後、掃除を終えた私は模擬店メンバーである十人と共に空き教室に集まっていた。

超美形の男女がこれほど集まっている絵面はあまりにも眩しく、神々しさすら感じる。

「このメンバーなら、何をしても世界を取れそう」

「校内で十分だがな」

冷静なツッコミをしながら吉田は黒板にチョークを走らせ、美しい字を書いている。今は私と書記の吉田が教壇に立ち、他のみんなには自由に座ってもらっていた。

ユリウスとアーノルドさんは私の目の前、後ろにはミレーヌ様とイケメン先輩が並んでいる。

その斜め後ろでは王子とラインハルトにヴィリーが話しかけ続けており、その近くではテレーゼとユッテちゃんが隣り合って会話していた。メンバーの仲の良さもばっちりで、ほっとする。

私はこほんと咳払いをすると、口を開いた。

「みなさん、本日はお集まりいただき誠にありがとうございます。まずは何をするか決めたいのですが、とにかく単価の高いものが良いのかなと……」

「そうだね。ちなみに去年は飲食店が多くて、気軽に飲めるドリンク系が人気だったかな」

「なるほど」

ユリウスの言葉に、周りも頷いている。確かにお腹がいっぱいになる重い食べ物メインだと回転率が悪くなり、数も出にくいかもしれない。

となるとやはりカフェ系がいいかなと発言すれば、ミレーヌ様は「私もそう思うわ」と同意してくださり、長く美しい髪を耳にかけた。

「何かコンセプトや高級感があれば良さそうね」

「ま、それが妥当だね。俺はただの紅茶でも高値で売りつける自信あるけど」

そんなことをさらりと言った兄に、アーノルドさんも同意していて恐ろしくなる。

「コンセプト……あ」

少女漫画などでは大抵、メイドカフェや執事喫茶的なものをやっていた記憶があった。

「女性はメイド、男性は執事になってカフェをするっていうのはどうでしょう？」

「絶対にダメ。レーネは特に」

「うん、ユリウス様の言う通りだと思うな」

けれど、光の速さでユリウスとラインハルトの過保護組に否定されてしまった。

「でも今回は男が多いし、執事ってのはいいんじゃないかな。ぼったくり価格でやれば」

ユリウス、アーノルドさん、ヴィリー、吉田、王子、ラインハルト、そしてイケメン先輩。

確かにこのメンバーなら、安い茶葉を金塊に変えることも可能な気がしてくる。

それでも、果たしてそれはカフェと言えるのだろうかという疑問を抱く。ただのカフェだと思って入ってきた男性客から、あまりにも法外な値段だとクレームがくる可能性だってある。

「それなら最初から女性客に絞って……しっかり高級感を出して……単価も上げられるもの……」

色々と考えた末、私はとある名案を閃いてしまう。

間違いなくこれが『正解』だと確信した私は、バァンと教卓に手をつくと、口を開いた。

「――ホストクラブ風のカフェ、というのはどうでしょう？」

「ホストクラブ？　初めて聞く言葉だな」

ユリウスは首を傾げながら、私を見上げた。みんなも同じような反応をしている。

何故か「合コン」という言葉などが存在するクソゲー世界のため、もしかしてと思ったけれど、流石に「ホストクラブ」はなかったらしい。

「ええと、いつだったかなんかの本で読んだんだけど、異国の文化というかお店でして」

適当すぎる嘘で誤魔化しながら、説明をしていく。

「女性客は好みの男性を指名してお喋りしながらお酒を一緒に飲んで、楽しむみたい。それでその人を売上ナンバーワンにするために大金を使って、競い合ったりとか」

「へえ？　レーネってそういうのに興味あるんだ」

「そ、そういうわけではないんですけれども……とにかくそのシステムで喫茶店をすれば、儲かりそうだなと」

乙女ゲームでもホストクラブものというのは数多くあり、私もいくつかプレイしたことがある。

漫画などでもホストクラブを題材にしたものを読んだことはあった。

そして実は一度だけ、ホストクラブの初回というものに行ったことがある。

会社の飲み会帰りに繁華街を歩いていたところキャッチに声をかけられ、たまたま一緒にいた女性の上司が乗り気になってしまい、付いてきてという誘いを断り切れなかったのだ。

『へぇ～、珍しくてかわいい名前だね、そのまま源氏名に使えそうなくらい』

『あっハイ……ありがとうございます』

『とりあえず乾杯しよっか！　よかったら俺のこと場内指名してよ、無料だし。隣に座れるしさ』

『すみません、初対面の男性と隣り合って座ってはならないという、祖母の教えがあったかもしれなくて……』

『あはは、何それウケる。やまとなでしこ？　じゃん』

薄暗くて騒がしい店内にて、代わる代わる華やかでハイテンションすぎる男性達から名刺をもらい乾杯し連絡先を聞かれ、楽しむどころかただひたすらに圧倒されて終わった。私には早すぎた。

けれど上司はお気に入りの男性を見つけ、その後も通っていると聞いた。

にわかと言えどそれなりに知識はあるし、最低限のプロデュースはできる気がしている。

「いいんじゃない？　俺は賛成で」

「うん、面白そうだね。ユリウスには負けたくないな」

「アーノルドは向いてそうね。私もいいと思うわ」

やけに乗り気のアーノルドさんを見て、ミレーヌ様がくすりと笑っている。イケメン先輩を含めた上級生組はみんな、賛成してくれたようだ。

「一年生の皆さんはどうですか？」

「俺もいいと思うぜ！　斬新でおもしろそーだし」

「僕はレーネちゃんがやりたいものがやりたいな」

「…………」

ヴィリーやラインハルトも賛成らしく、王子もこくりと小さく頷いてくれている。

「私達も賛成で。裏方を頑張るわ」

「うんうん、テレーゼちゃんは男装もいけそうだけど」

「た、確かに……！」

ユッテちゃんの言葉に、思わず何度も頷いてしまう。

長く美しい銀髪をひとつに束ねたパンツスタイルのテレーゼの姿を想像するだけで胸が高鳴る。

間違いなく男性陣に負けないほど、大人気になるに違いない。

最後に後ろに立つ相棒に視線を向けると、彼は大きな溜め息をついてみせた。

「……正直なところ乗り気にはなれないが、俺以外全員賛成となると仕方あるまい」

「ありがとう、吉田！　私、吉田を立派なナンバーワンホストに育ててみせるから！」

「嫌な予感しかしないな」

そうして私達の模擬店は、ホストクラブ風カフェという謎のカフェに決まったのだった。

◇◇◇

夕食を終えた私は自室にて、早速システムや細かい説明などをまとめた計画書を作っていた。

学園側に提出したメンバーと模擬店の内容を書いたプリントには代表者を書く欄があり、みんなの勧めで私になったのだ。責任感もあり、私は現在燃えまくっている。

「ええとテーブルチャージ、延長料金も決めて……それと指名料と、タックスでしょ……あとはメニューを考えて、内装とか服装についても決めないと」

ちなみに私とユッテちゃんの熱い希望でテレーゼは男装をすることとなり、それ以外の女性陣は調理や裏方に回ることとなった。

私はお小遣いでテレーゼに貢ぎたいと思っている。

『茶葉には詳しいし、淹れるのも得意よ』

『私は料理、得意なんだ！　任せて』

みんなそれぞれ特技があって、心強い。私も簡単なお菓子くらいなら作れるし、精一杯頑張らなければ。

その後、メニューを考えているうちにノック音が室内に響き、どうぞと返事をするとお風呂上がりらしいユリウスが中へ入ってきた。

「えらいね。早速準備頑張ってるんだ」

「ま、まあね！」

「何その反応。ほんと最近のレーネ、変じゃない？」

髪が濡れており恐ろしくいい香りがする兄は、後ろからぴったりと私にくっついた状態で、ノートを眺めているのだ。変にならない方が変なくらいだ。

私は心の中でお経を唱え、必死に心臓を落ちつける。

「へえ、すごいね。本気で金をもぎ取るシステムだ」

感心した声色で、ユリウスは「面白いな、将来こういう店をやってもいいかも」と言っている。

冷静になると学生の健全な学祭らしからぬ料金設定ではあるものの、勝ちを取りに行くためには仕方ない。何より貴族令嬢ならば、これくらいではお財布も痛まないはず。

先日、ジェニーの普通の買い物だという金額をメイドから聞いて、目玉が飛び出たくらいだ。お小遣いの金額はジェニーと変わらないものの、私はあまり買い物をしないため貯まる一方だった。

「服装なんだけど、どうしたらいいと思う？」

「普通に正装でいいんじゃないかな。全員貴族だし、それぞれ持ってるはずだから」

「なるほど、それでいいね。色も各自好きなもので」

それならば服装のことも心配はいらないだろう。テレーゼに関しては、一緒に買い物に行ってプレゼントしたいくらいの気持ちでいる。

「レーネ、すごく楽しそうだね」

「うん！　昔からずっと、こういうのに憧れてたんだ」

学生時代も学園祭はただ参加するだけ、という感じで心から楽しめたことがなかった。

だからこそ、こうして友人達と一生懸命取り組めるのが嬉しくて仕方ない。すると、ユリウスがじっと私を見下ろしていることに気が付いた。

「……昔から、ずっと？」

その瞬間、私はやってしまったと内心頭を抱えた。

完全に浮かれていて、あたかも記憶があるような口振りで話をしてしまっていたのだ。レーネになってから五ヶ月ほどが経ち、完全に油断していたと反省した。

とは言え、この先ずっと記憶喪失のフリをし続けるというのも厳しいものがある。それでも私はレーネではなく全くの別人で、ここはゲームの中の世界なんですなんて言えるはずもない。

——何より私に死亡バッドエンドが存在することは、誰にも言いたくなかった。ユリウスや友人達は絶対に心配してくれるだろうし、巻き込みたくはない。

いつか話すとしても、無事にエンディングを迎えた後にしたい。

そう思った私はひとまず誤魔化そうと、へらりと笑みを浮かべた。

「え、ええと、なんかそんな感じがするんだ。ほら、私って友達もいなかったみたいだし」

「……ふうん。そっか」

何を考えているのか分からない表情のまま、ユリウスは再びノートへと視線を落とす。

これ以上、深く突っ込まれることはないようでホッとしたのだけれど。

「お前ってさ、嘘吐くの下手だよね」

長い睫毛を伏せ、ページを捲りながらユリウスがそう呟いたことで、心臓を口から吐き出しそうになる。全くもって誤魔化せていなかったらしい。どうしようと冷や汗が背中を流れていく。

「ま、いいよ。記憶が戻ったわけじゃないなら」

「…………？」

「でも困ったことがあったら、何でも俺に言って」

「あ、ありがとう」

私が嘘を吐いていることに気付いていていながらも、頭を撫でそんな風に言ってくれたユリウスに、胸の奥がぎゅっと締め付けられた。

「ユリウスって、優しいよね」

「そう？　そんなこと言うの、レーネだけだよ。そもそもお前にしか優しくしないけど」

「……っ」

なんというか、この兄は本当ずるいと思う。心臓がばくばくとうるさくなり始めたけれど、私は悪くない。

一方、いつもと変わらない様子のユリウスは人差し指で、計画書のとあるページを指さした。

「ここ、空白だけど何か悩んでる？」

「そこは店内の内装についてどうしようかなって考えてたんだ。高級感を出したいけど教室だし、どうしたらいいのか分からなくて」

「そんなの外注して思いっきり工事すればいいよ」

あっさりとそう言われ、驚いてしまう。私の中の学園祭イメージは、みんなでダンボールや木の板を切り貼りし、全て手作りするイメージだったのだ。

貴族ばかりのハートフル学園では、そういった下準備は全てお金で解決しているという。

「金さえかければ高級感はいくらでも出るし、その分はしっかり稼ぐから安心して。あ、俺の知り合いがそういうの早いし得意だから連絡しとく」

「お、お兄様……！」

模擬店をやる際には学園からある程度の資金が出るらしく、足りない分はユリウスがひとまず先払いしてくれることになった。なんて頼りになる兄だろうか。

「それと単価、もっと高くてもいいと思うよ。あと、一番高いものはこの倍でいい」

「本当に？　これでもかなり上げたつもりなんだけど」

「アーノルドなんてすごいやる気だからね、相当稼ぐんじゃないかな」

ただでさえ距離間バグで女性達を落としているアーノルドさんが本気を出した場合、恐ろしい無自覚色恋ホストが爆誕しそうだ。

その一方で、王子の接客が全く想像つかない。賛成してくれていたけれど、大丈夫だろうか。

その他の悩んでいた部分もあっという間にユリウスは解決策を出してくれて、無事に計画書は完成した。これを明日コピーして、みんなに配ろうと思う。

「本当にありがとう！　ユリウスって、本当に十七歳とは思えないよね。大人みたい」

「レーネはそういう男の方が好き？」

「えっ？　それはそう、かもしれないけど」

前世の私の方が少しだけお姉さんのはずなのに、精神年齢はユリウスの方がずっと上だ。彼こそ人生二回目かと突っ込みたくなるほどいつも落ち着き払っていて、何でもできてしまうのだから。

「それはよかった。学園祭は二日間だけど、その間は店の中でも競い合うわけでしょ？」

「うん。一応そうなるのかな」

「ま、俺が一番だろうけど」

実際のホストクラブでは従業員同士はもちろん、同じホストを指名している女性客同士の争いまである。自分が一番のお客さんになりたいと、大金を使うのだ。

今回の学祭では流石にそこまでの争いにはならないだろうとは思ったものの、やはりアーノルドさん周りでは大修羅場が起こりそうな気がしてならない。

そもそも売上も大事だけれど、やはり学園祭なのだ。何よりも楽しむのが大事だし、みんなが笑顔になれるよう平和にやっていきたい。


翌日、私は授業の合間を縫って出来立ての計画書を渡して回り、放課後には再び集まれるメンバーで話し合いをすることとなった。

そして今はユリウスとアーノルドさん、王子、吉田、ラインハルトと私、ミレーヌ様で前回と同じ空き教室に集合している。

やはり十一人が毎回集まるのは難しいだろうし、しっかり報連相をしていきたいところだ。

「レーネちゃん、すごいね。一日でこんなにまとめて来てくれるなんて。えらいえらい」

「ありがとうございます、アーノルドさん。ユリウスが手伝ってくれたお蔭です」

「俺は何もしてないよ、レーネが頑張っただけで。つーか勝手に触んないでくれる？」

私の頭を撫でるアーノルドさんの手を思い切り払うユリウスは、今日も強火シスコンだった。

みんな計画書の内容にＯＫしてくれ、この通りに活動を進めていくことが決まってほっとする。

「じゃあ、ひとまず私達がすべきなのは接客の練習、メニューの考案と試作くらいかな。内装については私とユリウスの方で進めます」

「私もお茶のメニューを考えてくるわ」

「ミレーヌ様……！　ありがとうございます、決まった後は調理室を借りて練習したいですね」

これなら学園祭の直前まで、週に二回ほど放課後に集まって準備をするくらいでいいだろう。

毎日放課後残って活動する多忙な日々を想像していたけれど、かなり余裕がありそうだ。

「でも、これくらいの忙しさでよかったかも。冬のランク試験の勉強もあるし」

「準備のない放課後は一緒に勉強しようね」

「うん、一緒に頑張ろう！　ね、吉田」

「なぜ当然の如く俺も入っているんだ」

「よかったらセオドア様も一緒に勉強しませんか？」

「うん」

「あっ、ありがとうございます！」

明日の放課後は学園祭の準備はないため、ラインハルトと吉田、王子と共に勉強会を開くことになった。テレーゼ達も誘ってみようと思う。とにかく、一日一日を大切にしなければ。

そして三日後の放課後、第一回接客練習をすることとなった。

一緒にお茶をするだけとは言え、やはり多少の練習は必要だろう。彼らはもちろんバイト経験などないし、普段はもてなされる側なのだ。

今後のスケジュールなどについても話し合い、そろそろお開きにしようということになった。

「ねえ、レーネちゃんは学園祭、誰と回るか決めた？」

筆記用具を鞄にしまっていたところ、不意にラインハルトにそう尋ねられ、顔を上げる。

「ううん、まだ何も決めてないよ」

学園祭は二日間あり、模擬店は常にやっているもののシフトを組み、それぞれ自由時間をつくるつもりでいた。私自身もその間、しっかりお客さんとして他の模擬店を楽しみたいと思っている。

「時間が合ったら、一緒に回りたいな」

「もちろん！　そうしよう」

「ありがとう、嬉しいな。よかったら後夜祭も――」

「ストップ」

ラインハルトがそこまで言いかけたところで、ユリウスが言葉を遮るように口を開いた。

「うちのレーネは俺と一緒に後夜祭の花火を見ることになってるんだ、ごめんね？」

「いや全然そんな約束してないけど」

「酷いな、レーネちゃん。俺との約束は嘘だったんだ」

「アーノルドさんも悪ノリしないでください」

勝手なことを言うユリウスやアーノルドさんに即突っ込むと、私達の会話を聞いていたらしいミレーヌ様がくすりと笑う。

「ふふ、レーネは大人気ね。それで後夜祭は結局、誰と一緒に過ごすの？」

「普通にみんなで仲良く花火を見たいです」

「だめよ、そんなの。折角の学園祭なんだから、一人の男性に絞らないと」

「一人の男性に……？」

ミレーヌ様にはっきりそう言われ困っていると、「それならさ」とユリウスが口を開いた。

「えっ？」

「模擬店で一番売り上げた奴でいいんじゃない？」

「あら、いいじゃない。モチベーションにもなるでしょうし、五人でしっかり争いなさい」

「ちょっ……ええっ？」

ユリウスの言葉に、やけに笑顔のミレーヌ様は両手を合わせて同意している。もしかしなくてもこれは、他人事だと思って楽しんでいる顔だ。

「――じゃあ、ナンバーワンを取った人がレーネちゃんと後夜祭の花火を見る権利を得られる、ってことでいいんですね？」

「うんうん、俺も燃えてきちゃったな」

「…………」

「もしかしなくても俺もカウントされていないか？」

「あの……ええっ？」

やけに乗り気なラインハルトとアーノルドさん、そして何故かこくりと頷く王子。まさかのまさかで、王子も私と花火を見たいと思ってくれているのだろうか。

安定の巻き込まれ吉田と私だけが戸惑う中、完全にその方向で話が進んでしまっている。

「お前らが俺に勝てるとでも思ってんの？」

そんな中、驚くほど自信満々なユリウスは私の肩に腕を置き、鼻で笑ってみせた。顔面偏差値が五億くらいある兄が言うと、ものすごい貫禄がある。

それにしても、まるで乙女ゲームのヒロインに起こるような展開だ。とは言え、なんちゃってヒロインの私でも誰かのやる気になるのなら、良いのかもしれない。

そもそも私以外、ランク試験の加点を切実に欲している人間などいないのだから。

「ふふっ、誰が勝つのか当日が楽しみね？」

「そ、そうですね……」

するりとミレーヌ様に腕を絡められた私は、うっかりドキドキしてしまいながらも頷く。

こうしてナンバーワンホストの座――そして私と後夜祭を過ごす権、という割としょうもない権利を巡る戦いの火蓋が切られてしまったのだった。

学園祭は恋の予感

その後、みんなと別れた私はユリウスと共に馬車に揺られ、帰路についていた。

当たり前のように隣に座る兄は長い足を組んで頬杖をついており、既に王者の風格がある。

「まあ、俺が一番になるから安心していいよ。あ、ちゃんと手は繋ごうね」

「手……？　あっ、そういうジンクスがあるんだっけ」

そう言えば「後夜祭の花火を手を繋ぎ一緒に見ると結ばれる」なんて話があったのを思い出す。

自分には縁のない話だと思っていたため、すっかり頭から抜け落ちていたのだ。なぜミレーヌ様がみんなで見るのではなく、異性一人に絞るよう言っていたのか、今更になって納得する。

「そんなの信じるタイプじゃないでしょ。そもそも兄妹で結ばれるも何もないんですけれども」

「たまにはそういうのに縋ってみるのもいいかなって」

「……へんなユリウス」

「お互い様だよ」

最近ほんの少しではあるものの、私達の間の空気感が変わったような気がする。衝撃の事実を知り私が挙動不審になっていたのもあるけれど、ユリウスの態度も以前とは違う。

なんというか、すごく優しくて甘い。言葉や態度だけでなく、私へ向ける眼差しだってそうだ。

そんなことを考えているうちに再び落ち着かなくなった私は、何か話題をと考えた末、ずっと言おうとしていた話があったのを思い出した。

「あ、そうだ。お願いがあるんだけど、ユッテちゃんとジェレミー先輩との仲を応援したいんだ。ユリウスも手伝ってくれないかな」

イケメン先輩とは会話したこともほとんどないし、私一人の力では限界があるだろう。やはりユリウスの協力が必要だ。

ユリウスは他人の恋愛事情に全く興味がないらしく、二人が良い雰囲気だということも知らなかったらしい。

「あいつは良い奴だし、協力してもいいよ」

「ありがとう！　ユッテちゃんも良い子で、大切な友達なんだ。どうか上手くいってほしいな」

「レーネって本当お人好しだよね」

それからも二人をくっつける作戦や内装について話をしているうちに、あっという間に屋敷に到着していた。


そして次の日の昼休み、私は吉田と王子、テレーゼと上位ランクの食堂にて昼食をとっていた。

食堂に向かっていたところ、偶然吉田と王子に出会し、一緒に食べようと誘ったのだ。

「昨日は参加できずごめんなさい。でもまさか、そんなことになっていたなんて……楽しみね」

「今回ばかりは絶対に負けられないって啖呵を切った時の吉田、見せてあげたかったよ。そんなに私と花火が見たかったんだなって、胸を打たれたもん」

「堂々と事実を捻じ曲げるな」

私との後夜祭を過ごす権を賭けた謎の争いについて冗談交じりに話すと、テレーゼも興味津々のようだった。

「セオドア様も参加するのね。少し意外だったわ」

「…………」

「まあ、セオドア様は日頃こいつのことを気にかけているからな。よく話題にも出てくる」

「えっ」

私を気にかけてくれているという件もそうだけれど、王子と吉田の会話についても気になってしまう。幼馴染の吉田とは、いつも普通に会話をしているらしい。

「あの、セオドア様は私のことをなんて……？」

「お前といると楽しいそうだ」

こっそり隣に座る吉田に尋ねると、あっさりとそんな答えが返ってきた。

まさかと思いながら王子へ視線を向けると聞こえていたらしく、こくりと小さく頷いてくれて、私はその場に泣き崩れそうになった。

「セ、セオドア様……！」

挨拶バカと呼ばれていた出会った頃を思い出すと、奇跡のようだ。私は向かいに座る王子の手を取ると、まっすぐにエメラルドの瞳を見つめた。

「すごく嬉しいです！　これからも仲良くしてくださいね」

王子はじっと私を見つめ返し、もう一度こくりと頷いてくれる。

そして数秒の後、形の良い唇を開いた。

「マクシミリアンの方が、よく言っている」

「よ、吉田まで……!?」

「俺は別に……おい、くっつくな！　暑苦しい」

はっきりと否定しないあたり、事実なのだろう。やはりツンデレな吉田も好きだ。

大好きな友人達と一緒に過ごせる今がとても幸せで、大切にしていきたいと改めて思った。

◇◇◇

やがて昼食を終えた私は、日直として先生に頼まれていた授業道具を取りに行くため、別棟に向かっていた。

先ほど聞いた話が嬉しくて鼻歌を歌いつつ、ショートカットをしようと裏庭を一人歩いていく。

「ふんふふーん♪」

そうして進んでいくうちに、大きな木の下に人影があることに気が付いた。告白スポットで有名な場所で、まさかと思った私は足を止める。

「ごめんなさい、急に呼び出したりして……」

聞こえてきたのは緊張交じりの女子生徒の声で、このセリフは間違いなく告白だろう。邪魔をしてはいけないと思い、そろりと来た道を戻ることにした。

「いいよ。手短に頼むね」

そんな中、聞き覚えのありすぎる声が続き、思わず振り向く。

そこにいたのは、なんとユリウスだった。

ユリウスがそれはもうモテることはもちろん知っていたけれど、こうして実際に告白現場に出くわすと、やはりすごいなあと驚いてしまう。

正直すごく気になるものの、他人の告白を覗き見るなんていけないと思った私は、再びこの場を離れようとしたのだけれど。

「あれ？　レーネちゃん、何してるの？」

「！！？？？？」

突然耳元で声がして、咄嗟に口元を両手で覆う。悲鳴を上げなかった自分を褒めてあげたい。

恐る恐る振り返った先には、笑顔のアーノルドさんの姿があった。一体いつの間に。

「ユリウスに用事があって捜しにきたんだけど、お取り込み中みたいだね」

「はい、そのようなので我々は一度ここを離れ……ってちょ、ちょっと何をしているんですか」

一緒に離れようと提案したものの背後からがっしりとホールドされ、身動きが取れなくなる。

「三秒で終わるだろうし、ここで待ってようよ」

「三秒……？」

一体どういうことだろう。アーノルドさんは想像していたより百倍力が強く、全く解放してくれる気配がないため、諦めてこの状態で待つことにした。

やがて、意を決したように女子生徒は口を開く。

「一年の頃からずっと、ユリウス様のことが好きでした」

その声色や言葉からは、どれほどユリウスのことを想っているかが伝わってくる。

そしてそれを本人に伝えるというのはきっと、すごく怖くて勇気がいることなのだろう。ユリウスは感情の読めない表情のまま、黙って彼女の話を聞いている。

「ユリウス様とは二回くらいしかお話をしたことはなくて、一方的に遠くから眺めているだけだったので、私のことなんて覚えていないかもしれませんが……」

「覚えてるよ」

ユリウスの言葉に、女子生徒の瞳が揺れた。私の後ろでは、アーノルドさんが「あれ?」と首を傾げている。

「ずっと伝えたくて、でも勇気が出なくて……学園祭シーズンをきっかけに友人達に背中を押してもらって、こうして告白することができました」

「…………」

「お時間をいただき、ありがとうございました」

告白というのは、付き合ってほしいと相手に乞うものだと思っていた。こうして相手に想いを伝えるだけという形もあるのだと、私は初めて知った。

「こうしてお話できて、嬉しかったです。好きだってちゃんと伝えられて、本当に良かった」

「……そっか。ありがとう」

ユリウスがそう答えると、女子生徒は驚いたように潤んだ目を見開いたけれど、すぐに「こちらこそ、ありがとうございました」と微笑んだ。

そして丁寧にお辞儀をし、その場を立ち去っていく。

「…………」

その姿を見つめていた私は、ぎゅっと胸を締め付けられていた。何故だろうと思っても、理由は分からない。

けれどきっと私が「妹」という立場でなければ、ユリウス・ウェインライトという人は関わることもない、ひどく遠い存在なのだと実感していた。

「意外だったな。何度かユリウスへの告白場面に遭遇したことはあるけど、いつも『そういうの、迷惑だから』って言うだけでバッサリだったのに」

未だに私を解放してくれないアーノルドさんは、本気で驚いたようにそう呟く。

「みんな泣いてて可哀想だなって思ってたんだけど、今日は別人みたいで驚いたよ」

だからこそ、アーノルドさんは三秒で終わると言っていたのだろう。

それにしても過去の兄、非情すぎる。

『……本当、無駄なことするよね。そんなことをしたって、俺はあの子達のことなんて好きにならないのに』

『恋愛感情に振り回されるような子は好きじゃないかな。なりふり構わない姿とか見ると、吐き気がする』

けれど過去の発言を思い出すと、そんな態度になってしまう辛い経験があったのかもしれない。

一番身近な存在だと思っているものの、私はやはりユリウスのことを何も知らないのだと改めて思い知る。

「見てたよ、びっくりしちゃった」

「ほんと悪趣味だね、お前」

そんなことを考えているうちに、アーノルドさんは私を木陰に放置し、ユリウスの元へと向かっていた。あまりにもマイペースすぎる。

「珍しいね、あんな優しい断り方」

「まあ」

「何か心境の変化でもあった？」

「あー……」

ユリウスは首の後ろに右手を回し、少し何かを考え込むような様子を見せた後、口を開いた。

「他人に好意を伝えるとか、普通にすごいなって」

「えっ、気持ち悪いね。急にどうしたの？」

「二度とお前とは会話しない、死ね」

「ごめんごめん、冗談だよ。ユリウスがようやく人間らしくなって嬉しいな」

アーノルドさんはユリウスの肩に腕を回し、一方のユリウスは離れろと眉を顰めている。

私もユリウスがそんな風に思っていることを知り、内心かなり驚いていた。

「レーネちゃんのお蔭かな」

「だろうね」

ユリウスがあっさりそう答えたことで、思わず口からは「えっ」という言葉がこぼれる。

私をきっかけにユリウスの考え方が変わった、ということなのだろうか。

「よかったね。でもユリウスって、どうしてそんなにレーネちゃんがかわいいの？」

そして世界一空気の読めない、いや読まないサイコパスであるアーノルドさんは、とんでもない質問を投げかけた。私がここで聞いていると分かった上でなのだから、鬼すぎる。

「レーネって、何も考えてないじゃん？」

ドキドキしながら待機していた私は、隠れていた木に思い切り頭をぶつけそうになった。

「あいつらと違って打算的な考えもないし、一緒にいて安心するんだよね。絶対に他人を傷つけたりしない、俺を裏切らないっていう確信があるからかな」

けれどすぐにそんな言葉が続き、息を呑む。やはりユリウスにとって私は、唯一安心できる家族なのだろう。

それほど私を信用してくれているのが嬉しい一方で、ユリウスが他人に対して心を閉ざして生きてきたことを思うと、悲しくなった。

「……それに、レーネは母様と違って弱くないからね。それが一番の理由かな」

そう呟いたユリウスの横顔は、ひどく傷ついているような、悲しげなものに見えた。亡くなったユリウスのお母さんについても私は何も知らないけれど、辛い過去があったようだった。

「そっか。真っ直ぐでたくましいレーネちゃんはユリウスにとって、ぴったりな女の子だね。ユリウスにちゃんと安心できる相手ができて、本当に良かったよ」

アーノルドさんはユリウスの事情を知っているらしく、とても優しい眼差しを向けていた。

ぶっ飛んではいるものの、親友であるユリウスのことを大切に思っているのが伝わってくる。

「ちなみに、そのレーネちゃんもそこにいるよ」

「……は？」

そしてアーノルドさんはご丁寧に、限りなく最悪のタイミングで私の紹介をしてくれた。

「ど、どうも……」

バレてしまった以上、いつまでも隠れているわけにはいかない。とてつもない気まずさを感じながら、木の陰から恐る恐る出ていく。

するとユリウスは一瞬、切れ長の目を見開いたものの、片手で目元を覆うと溜め息を吐いた。

「ごめんなさい、色々とわざとではなく……」

「どうせアーノルドのせいでしょ」

「よく分かったね、俺が無理やり捕まえてたんだ」

「レーネがああいうの、盗み聞きするわけないし。つーか触んなって言ってんだけど」

当然のようにそう言ってくれたことで、先程のこともあり、少しだけ泣きそうになってしまう。

私が想像していたよりもずっとユリウスは、私のことを信用してくれている。それが、すごく嬉しかった。何よりもう、さっきみたいに辛そうな、悲しそうな顔をしてほしくはない。

私はこの先も絶対にユリウスを傷つけないし、裏切ったりしない。それを伝えたくて私はユリウスの手を掬い取るとぎゅっと両手で包み、見上げた。

「私、ユリウスのことが大好き、いつもありがとう！」

大きな声でそう告げると、ユリウスはきょとんとした表情を浮かべた後、口元を緩ませる。

そして気が付けば、きつく抱きしめられていた。

「あはは、やっぱりレーネはすごいな。……俺って、そういうのに弱いみたいだ」

「弱い？」

「こっちの話。ほんとかわいいね、お前」

言葉の意味もよく分からないし顔も見えないけれど声色はとても嬉しそうで、ほっとする。

「うんうん、二人末長く仲良くね」

「あ、ありがとうございます」

「ねえユリウス、俺っていい仕事したと思わない？」

「お前は黙ってて」

いつか私も自分のことを話し、ユリウスの事情も聞くことができたらいいなと思った。


そして放課後は、みんなでしっかりランク試験に向けた勉強をした。ラインハルトは未だに吉田との勉強を続けているらしく、驚くほど成績が伸びていた。

正直、私はDランクのキープはなんとかできたとしても、Cランクまでの壁はかなり高い。帰宅後もユリウスに魔法付与の練習に付き合ってもらわなければ。

「……そもそも、今の魔力量って誰の好感度が影響するんだろう？　共通は全員なのかな」

友人達の好感度と結びつけて考えたくはないものの、気になるところではある。

そもそも、共通ルートがどこまでなのかも分からないのだ。

「あ！　そうだ」

アンナさんに会った際、時間がなくてあまり詳しい話は聞けなかったものの「何か困ったことがあったら、手紙送って」と言ってくれたことを思い出す。

早速レターセットを取り出し、好感度についてやルート分岐のタイミング、実は気になっていたアーノルドさんに見覚えがなかった件についてなど、いくつかの質問を書き綴っていく。

そして送り先を聞いていなかったことを思い出し、ひとまずセシル宛に手紙を送った。

◇◇◇

いよいよ接客練習の日を迎え、私達はいつもの空き教室に放課後集まっていた。

「では、今日から接客練習を始めようと思います」

今日はユリウス、アーノルドさん、イケメン先輩という上級生チームの練習の予定だ。そしてミレーヌ様の隣には、初めて見る美少女の姿があった。

「練習相手は私達じゃ緊張感もないでしょうし、他クラスの友人を呼んできたわ。大富豪の娘よ」

「さ、流石ミレーヌ様……！　よろしくお願いします」

「よろしくね。私、美形にとても弱いから怖いわ」

ミレーヌ様の友人というリタ様は、ふわふわとした可愛らしい雰囲気を纏《まと》っており、ミルクティー色の長い髪がよく似合っている。美女の友人は美女らしい。

事前に接客の流れは説明してあるため、ひとまず仮のメニュー表でやってみることとなった。

「まずは誰からにしましょうか？」

「誰もいないなら、俺からやろうかな」

「はい、ぜひお願いします」

アーノルドさんが申し出てくれ、簡易的に作ったボックス席に二人は腰を下ろす。

ちなみに実際のホストクラブのように何人も交代して接客するシステムは難しいため、入口で最初から指名をしてもらう予定だ。

かなり本格的になってきて、本当にこれを学園祭でやっていいのかという懸念を抱いている。

早速アーノルドさんは接客を始め、女性慣れしているコミュ強パワーにより会話は弾んでいるようだった。

「リタちゃんって言うんだ、かわいいね」

「は、はい……アーノルド様も、今日も素敵で……」

「俺のこと、知ってくれてたんだ。嬉しいな」

「ひっ……あう……」

茹でダコみたいに真っ赤になっているリタ様は、既にかなり押されているようだった。本当にイケメンに弱いのが伝わってくる。

「飲み物、なくなっちゃったね。次はどうする？」

「え、ええとこのあたりの紅茶を」

「こっちはダメ？」

「流石にこのお値段は……うーん……」

やがてアーノルドさんはお高い紅茶をお勧めし、リタ様も悩む様子を見せていたのだけれど。

「これ頼んでくれたら、ちゅーしてあげる」

「何杯でも頼みま「ちょっと待った」」

アーノルドさんの手がリタ様の顎にかけられたところで、私はすかさず止めに入った。本当に待ってほしい。学生のカフェの域を超えており、あまりにもセンシティブすぎる。

やはりアーノルドさんは油断も隙もない。

「レッドカードですよ！　健全にお願いします！」

「やだな、冗談なのに」

「全然冗談に聞こえません」

予想通り恐ろしい色恋ホストが爆誕してしまい、いきなり不安になってくる。

「レーネちゃん、待って……私、もう持たないかもしれない、こんなの破産してしまうわ……」

よろよろとこちらへ戻ってきたリタ様は、一人目にして既にＨＰが限界突破しかけていた。

とは言え、あんな攻撃に耐え切れという方が無理がある。

「それでは少し休んでから次いきましょうか」

「うん。次は俺でもいい？」

そうして次に手を挙げたのは、ユリウスだった。

そのままお願いしようと思っていると、リタ様は「本当に待って」と私の腕を掴んだ。

「ユリウス様がいるなんて聞いていなかったの、心の準備が……本当に無理、隣に座るとか無理」

「ど、どうしたんですか突然」

いきなり限界オタクみたいになってしまったリタ様はどうやら、ユリウスのファンらしい。

「ユリウス様と言えば眉目秀麗を体現したようなお方で、何よりあの寸分の狂いもない完璧な美しさはまるで芸術品、そして誰にでも友好的かと思えば、好意を見せた途端に冷たくなるの。そう、絶対に掴めない雲のようで……それがまたいいのだけれど……ああ」

ユリウスについて熱く語っていたリタ様は結局、ミレーヌ様に促され、ぷるぷると震えながら生まれたての小鹿状態でユリウスの待つボックス席へと向かう。

そんなこんなで接客練習がスタートしたものの、リタ様はガッチガチに緊張していた。その隣に腰を下ろしているユリウスはいつもと変わらず、足を組み頬杖をついている。

「な、何を頼めばいいでしょうか……」

「好きなの選びなよ。ただ俺が隣にいることは考えてね」

なんという強気ムーブ。

ユリウスが言うと、下手に高いものを飲みたいと強請るよりも効果がありそうだ。

「で、では、この紅茶セットをいただけますか……?」

「もちろん」

「よかったらユリウス様も、こちらを……」

「うん、ありがと」

案の定、リタ様は迷わずかなりお高い紅茶とお菓子のセットを頼んだ。

これはまさにオラ営だろう。どっちがお客さんなのか分からないくらいだ。

けれど以前、ドキュメンタリー番組で見たことがある。自分を指名するなら高いものを頼むのが当然、お金を使わなければいけないと思わせるのが売れっ子なのだと。

「ということがありまして……」

「へえ、すごいじゃん。俺もこの間、街中で――」

「ふふっ、そうなんですね」

それでいて、しっかり会話でも楽しませている。リタ様も嬉しそうで、満足度も高そうだ。

「リタちゃん、俺のために頑張ってくれる？」

「い、いくらでも頑張ります！」

最終的には、そんな言葉まで引き出していた。

まさにユリウスは天性の貢がせ体質だと、心底感心してしまう。こんな男性を本気で好きになってしまえば身が持たないだろうなと、恐ろしくなる。

やがてリタ様が本気でお金を家から持ってこようとしたところで、練習は終わりとなった。

「こんな感じでいい？」

「バッチリすぎて怖かったです。玄人かと思った」

「それは良かった」

にっこりと微笑むユリウスとは裏腹に、リタ様は魂が抜けた様子でふらふらと戻ってきた。

「あんなの、誰だって好きになってしまうし破産してしまうわ……本当にごめんなさい……私、もう……」

そのまま机に突っ伏したリタ様はもう、限界のようだった。完全に屍となっている。

「あれ、俺の番どうしよ」

まだイケメン先輩が残っているのにどうしようかと思っていると、ユリウスが口を開いた。

「お前、裏方やれば？　女子生徒だけだと困ることもあるだろうし、料理とか得意だったじゃん」

「そうしよっかな。俺、お前らに勝てる気しないし。レーネちゃん、それでも大丈夫？」

「はい、大丈夫です！」

さすが兄、ナイスアシストすぎる。元々ユッテちゃんとのこともあり、イケメン先輩のホストとしての参加は避けた方が良いのではと思っていたのだ。

かと言って、私から上手く言う方法も思いつかなかったため、とても助かった。それに裏方ならユッテちゃんとの作業時間も増えるだろうし、一石二鳥だ。

「二人とも、もう練習は必要なさそうね」

「はい。アーノルドさんは色々気を付けてもらえれば」

「あはは、ごめんね。今後はああいうこと、レーネちゃんにしかしないから許してほしいな」

「本当に何を言っているんですか？」

アーノルドさんがこれ以上ユリウスを怒らせないよう早々に解散し、私達は帰宅したのだった。

「ミレーヌ様とユッテちゃんが考えてくれたメニューなんだけど、すごくいい感じじゃない？」

◇◇◇

「すげー！　本物の店みたいだな！」

翌週、カフェテリアにて完成したメニュー表を見せたところ、ヴィリーは一番欲しい反応をくれて嬉しくなる。

私の隣に座っている吉田も「いいんじゃないか」と頷きながら、目を通してくれていた。

「あとは一年メンバーの接客練習と、私達がこのメニューを作る練習さえすれば良さそう、ってなんか吉田元気なくない？　お腹痛い？　何か拾って食べた？」

「他に選択肢はないのか」

「そういや数秒ならセーフってあれ、全然意味ないらしいよな。落ちた場所とか落ちた物が問題なんだってよ」

「へー！　そうなんだ、知らなかった」

「俺が拾い食いをしたていで話を進めるな」

やがて吉田は大きな溜め息を吐くと、長い指でくいと眼鏡を押し上げ、口を開いた。

「……学園祭に、姉達が来ると言っているんだ」

「わあ、そうなんだ！　楽しみだね」

吉田にはお姉さんが二人おり、夏休みには次女のアレクシアさんと熱い戦いを繰り広げた末、認められた過去がある。

長女のお姉さんとは未だ面識がなく、一度親友として挨拶をしたいと思っていた。

「俺は気が重くて仕方ないがな」

「どうして？」

「あの姉二人が来たら、間違いなく面倒なことになるのが目に見えている」

確かに私と吉田が交際していると思い込み、戦いを挑んでくるアレクシアさんなら、吉田がホストをやっていると知れば「不純だわ！」と大騒ぎしそうではある。

「上のお姉さんって、どんな人なの？」

「アレクシアとは真逆のタイプで、まともに会話ができるような相手ではない。セオドア様を溺愛していて、お前が親しいと知られれば間違いなくトラブルになる」

「なんてこった」

吉田シスターズ、キャラが濃すぎる。騎士団長である吉田父も吉田もかなりしっかりしているタイプのため、正直不思議だった。吉田母が個性的な方なのだろうか。

とにかく吉田家長女がいる間は王子に絶対に近づくなときつく言われ、頷いておく。

「吉田も色々と大変だな。俺達の練習は来週だっけ？」

「うん。食材の発注もしておかないといけないから、今週はメニューの試作練習をするつもり」

「そっか。りょーかい」

「みんなの接客、楽しみにしてるね」

どうか一年生組は、初々しくてハートフルな接客であることを祈るばかりだ。全員がユリウスやアーノルドさんのようでは、風営法に引っ掛かってしまう。

ちなみに今週末は、テレーゼとラインハルトと一緒に買い物に行く約束をしている。学園祭用の二人の服を見にいく予定で、とても楽しみだった。


放課後、調理室には私とミレーヌ様、ユッテちゃん、イケメン先輩、そしてユリウスが集合していた。今日は早速、簡単なお菓子やケーキのメニューをいくつか作ってみる予定だ。

ユッテちゃんとイケメン先輩、私達三人に分かれて作業を進めていく。ユリウスは私を待つついでに見学という形で参加している。

「レーネ、手際がいいわね」

「ありがとうございます、メイドにたまに料理を教えてもらっているので」

「私もやってみようかしら」

お値段だけは超高級になる予定の平凡カップケーキの材料を混ぜながら、お喋りをする。ミレーヌ様は料理やお菓子作りの経験はないらしいものの、全てにおいて要領も手際もいい。

そんな私達をユリウスは近くの椅子に座り、じっと見つめている。

「それにしてもあの二人、かなりいい感じじゃない」

「はい。明日には付き合っていそうなくらい」

楽しそうにクッキーを作るユッテちゃんとイケメン先輩を遠巻きに眺めながら、ひそひそと話をする。完全に二人の世界ができていて、幸せそうな姿を見ているだけで口角が緩んでしまう。

ミレーヌ様もイケメン先輩から相談話を聞いているらしく、完全に二人は両思いだという。付き合うまでは本当にもう時間の問題だろう。

「レーネもいつか誰かを好きになったら教えてね」

「はい、もちろんです！」

「どんな男性なのか楽しみだわ」

「俺だけど？」

「恥ずかしくないのかしらね、この男は」

その後、無事にカップケーキは焼き上がり味見をしてみたところ、ばっちり美味しかった。ユッテちゃん達が作ったクッキーもいい感じで、ほっとする。

やがてユッテちゃんとイケメン先輩は作りすぎたクッキーを共通の知人に渡してくると言い、調理室を出て行った。

「私は用事があるから、そろそろ帰るわ」

「はい、お疲れ様でした！」

ミレーヌ様は「お父様へのご機嫌取りに使う」と笑いながら、カップケーキをふたつ鞄に入れていた。ミレーヌ様も調理室を出て行き、二人きりになる。

「どうしよう、せっかくだからもう一品くらい作ってみようかな」

「俺はいくらでも待つから、好きにしていいよ」

「ありがとう。その前にちょっとだけ涼んでもいい？」

「もちろん」

そうして私達は窓際へと移動し、ユリウスは近くにあった椅子に腰を下ろす。

私はその隣に立ち、窓から顔を出した。心地よい風が頬を撫で、熱が引いていく。

「あ、ミレーヌ様だ。後ろ姿も絵になるなあ」

調理室の窓からは玄関から校門までが一望でき、下校する生徒達の姿がちらほらとある。その中にはミレーヌ様の姿があり、遠目からでも分かるスタイルの良さに見惚れていた時だった。

「あれ？　レーネちゃん達、帰っちゃったのかな」

背中越しにユッテちゃんの声が聞こえてきて、すぐに振り返る。どうやら私達の姿はカーテンに隠れており、ここにいるとは気付いていないらしい。

ユッテちゃんの名前を呼ぼうとした瞬間、耳に届いたのは真剣なイケメン先輩の声だった。

「なあ、ユッテ」

「なんですか？」

「大事な話があるんだ」

この空気感には、覚えがある。

数日前、ユリウスが女子生徒に呼び出されていた時のものと同じだ。

「レーネ？　何し――」

「しっ！」

これは間違いなく告白だと察した私は、慌ててユリウスの口を右手で塞ぐ。ここで私達が出て行っては、間違いなく空気がぶち壊しになるだろう。

ユリウスは美しい碧眼を見開いたものの、すぐにこれから何が起きるのか気付いたらしい。

このまま黙っていてくれるだろうと思い、整いすぎた顔から手を離そうとした時だった。

「……っ⁉」

手のひらに温くて柔らかいものが触れ、それが何か理解した瞬間、その場に倒れそうになった。

「な、なな、なに……っわ！」

動揺して思わず後ろに飛び退いた私は、バランスを崩してしまう。このままではカーテンの外に出て、ずっこけながら良い雰囲気の二人の前に登場することになる。

最悪のパターンは避けなければと手を伸ばせば、ユリウスが手を掴んでくれ、慌てて握り返す。

絶対に転びたくないと勢いよく身体を起こした結果、ユリウスに思い切りしがみつく体勢になってしまった。

「大胆だね、レーネちゃん」

「ふ、不可抗力です！」

耳元で囁かれ、顔が熱くなる。

慌てて離れようとしてもきつく抱きしめられており、それは叶わない。

「ほ、本当に何をして……！　ちょっと！　そ、そもそも、て、手を、な、舐めるなんて」

「美味しそうな香りがしたから、つい」

「全然ついじゃないんですけど！」

一瞬だけユッテちゃんとイケメン先輩の元にお邪魔していくつか型抜きをした際、クッキー生地の甘い香りが手のひらに移っていたのだろう。

こそこそと会話をしながら、やはりこの兄は油断も隙もないと改めて実感した。

「やっぱりこんなくっつくと暑いね」

「だから離れようってば」

「静かにしないとバレちゃうよ」

「うっ……」

とにかく今はイケメン先輩の告白を優先しようと、大人しくこの体勢のままでいることにする。

するとふと、とあることに気が付いてしまった。

「……なんかユリウス、心臓の音速くない？　不整脈？」

「普通にドキドキしてるだけだよ」

あっさりそんなことを言ってのけるくせに私相手にドキドキしているなんて、信じられない。

そう思いながら顔を上げると、透き通るアイスブルーの瞳と至近距離で視線が絡んだ。

「俺だって十七歳の男の子ですから」

「………」

「その全く信用してないって感じの顔、結構好きだな」

やっぱりユリウスはよく分からないと思いながら、泣く泣くコアラ状態でくっついていると、不意にがらりと教室のドアが開く音がした。

「上手くいったみたいだね」

「えっ？　あっ、本当だ」

気が付けば告白は終わっていたようで、二人が手を繋いで調理室を出て行くところだった。

微笑み合う二人からは、上手くいったことが窺える。その途端、どっと身体の力が抜けていく。

「よ、よかった……！　本当によかった……」

――ユッテちゃんは最初から落ちこぼれの私に対して偏見を持たず、仲良くしてくれていた。

テレーゼ以外の女の子達と打ち解けられたのだって、彼女のお蔭だ。

そんな優しくて明るくて大好きな友人であるユッテちゃんが好きな人と両思いになって、心の底から幸せそうな笑みを浮かべているのが、嬉しくて仕方ない。

両目からはぽろぽろと大粒の涙がこぼれ落ちていき、ユリウスのシャツを濡らした。

「あ、ご、ごめん！　お小遣いで、弁償ずる……」

「そんなの別にいいけど、なんでお前が泣くの」

「す、すごくうれしくて……だってユッテちゃん、ずっとずっと、がんばってたから……」

「そっか。良かったね」

ユリウスは驚くほどいい香りのするハンカチを取り出し、私の目元と鼻を拭ってくれる。

こんな高級ハンカチを汚してしまい、申し訳なくなるのと同時に、嬉しさが込み上げてくるのが分かった。

「……こ、こういうのも、実はすごく嬉しい」

「なんで？」

「なんというか、家族っぽい……ぐす……」

「あはは、お兄ちゃんだからね」

幼い頃、いつもアクロバティックな転び方をしては派手に怪我をして大泣きする私の涙を、母が優しく拭ってくれたことを思い出す。

ユリウスは柔らかく目を細めると、私の頭を撫でた。

「それにしてもジェレミーの奴、昨日までは告白なんて緊張して絶対無理とか言ってたのにな」

「告白って、本当にすごいよね。きっとものすごく緊張するし怖いと思うもん」

私は恋をしたことがないけれど、やはり好きな人ができたら想いを伝えたいと思うものなのだろうか。私の性格を考えると、可能性がゼロでも「当たって砕けよう！」とかになりそうだ。

やがてユリウスは二人が出ていったばかりのドアへ視線を向けると、ぽつりと呟く。

「……俺も少しだけ、頑張ってみようかな」

「なにを？」

「こっちの話。今日はもう帰ろっか」

「うん」

何も言わず当然のように私の鞄も持ってくれ、空いている方の手を差し出される。

その手を取りつつ、うっかり少しだけときめいてしまったことはもちろん黙っておいた。

◇◇◇

翌週の放課後、私は一年生メンバーとミレーヌ様、そして先日ぶりのリタ様と共に例のボックス席を囲んでいた。

「それでは第二回接客練習、一年生編を開始します」

やはり練習相手が必要ではあるものの、一年生の友人達に頼んだところ「メンバーが恐れ多い」という理由で断られ続けてしまい、リタ様にお願いしたのだ。

「すみません、今回もよろしくお願いします」

「ええ、よろしくね。前回は少しはしたない姿を見せてしまったけれど、今回は可愛い一年生相手だもの。大人の女の矜持《きょうじ》を見せてあげるわ。任せて」

壮大なフリとしか思えない発言をしてくださったリタ様は、ボックス席へと腰を下ろす。

「まずはヴィリーからね」

「おう！　よく分かんねーけどやってみるわ！」

そして早速、練習を開始した。

「うーん……これをこうして、こうか？」

「そうそう、こんな風により丁寧に置いた方がいいわ」

「なるほど！　分かりやすいな、ありがとう」

「ふふ、どういたしまして」

ヴィリーとリタ様は、面倒見のいいお姉さんと手のかかる弟のような感じで微笑ましい。落ち着きが無くがさつなヴィリーにも、リタ様は色々と教えてあげていた。R15の二年生組とは違い子供にも堂々と見せられる健全さで、ほっとしながら見守る。

やがて二人の飲み物がなくなったところで、リタ様がメニュー表を自ら手に取った。

「おかわり、どれがいいかしら？　お姉さん、お金持ちだから高いものでも……」

「あ、なんでもいいぜ。つーかすげえ楽しいから、すっかりそういうの忘れてたな」

「うっ……！」

ヴィリーの無邪気な笑みを向けられたリタ様は、心臓の辺りをぎゅっと押さえた。今のは側から見守っていた私でも、グッとくる無邪気なかわいさだった。

損得抜きで楽しんでくれていると知れば、誰だって嬉しいに決まっている。

「だめよ、そんな気持ちじゃ上にはいけないのに……やっぱりこの子には、私がいないと……」

ソファーの背に体重を預けていたリタ様はよろよろと身体を起こし、そう呟いた。

「この紅茶を二杯お願い」

「えっ？　こんな高いのいいのか？」

「もちろん」

そしてお高い紅茶を、あっさりと頼んでみせる。

無自覚のうちに「私が色々教えてあげないと」「私が応援してあげないと」と思わせてしまう、新人ならではの営業スタイルになっていた。まさに弟営業だ。

「うわ、すげー美味いな、これ！」

「そう？　良かったわ」

「色々ありがとな、リタ先輩」

「ううっ……い、いいのよ……」

ヴィリーの持ち前の素直さとピュアさゆえの反応は可愛らしく、リタ様は完全に落ちている様子だった。こんな対応をされれば嬉しく、気持ちよく楽しくお金を払えるに違いない。

ほっこりとした空気感で練習は終わり、リタ様は「何か困ったことがあったら、すぐに私に言ってちょうだいね」とヴィリーに告げていた。

「なあ、なんか接客したって感じしなかったけど、こんなんでいいのか？」

「うん、ヴィリーすごく良かったよ！　百点！」

「そっか。それなら良かったわ」

戻ってきたヴィリーの両肩をがしっと掴み、私は何度も頷く。ヴィリーはしっかり美形なのだ。間違いなく先輩女子のハートを掴む、わんこ系ホストになるだろう。

リタ様はこの後用事があるようで、あと一人だけ練習相手をしてくれるらしい。

そして悩んだ結果、王子にお願いすることにしたのだけれど。

「えっ……セオドア様も参加されるの？　ま、待って、王子様は反則じゃない？　王子様よ？」

「た、確かに……うっぷ」

両肩を掴まれ、思い切り前後に揺さぶられる。冷静になると一国の王子が接客だなんて、聞いたことがない。こんな機会、きっと二度とないだろう。

王子もよくこんな常軌を逸した模擬店への参加をＯＫしてくれたと、感謝してもしきれない。

後々、国の偉い人に罰されたりしないだろうかと不安になってきた。

「あのお美しさは国の宝よ！　王子殿下は皆様揃って美形だけれど、近くで見るともう……」

セオドア王子は第三王子のため、二人お兄さんがいることになる。

お会いしたことはないものの、あの王子と同じ血が流れているのだから超絶美形に違いない。

「………」

ユリウスやラインハルトも桁外れのイケメンだけれど、王子は纏うオーラが普通の人とは違う。

王族特有のものなのか、圧倒的な凛とした空気感がある。

喋らないことで余計にそのオーラは増していた。

「よ、よろしくお願いいたします」

「………」

二人は並んで席に座り、王子が無言でこくりと頷くだけで、リタ様の口からは声にならない悲鳴が漏れる。

「…………」

「…………」

「…………」

「…………」

それからは予想通り沈黙が続き、とても接客をしているとは言えないものの、リタ様は王子の隣に座っているだけでドキドキし、嬉しそうな様子だった。

そして、気付いてしまう。

「ハッ……これはアイドル営業というものなのでは？」

アイドル営業というのは、会えることだけで価値がある、知名度のある人に当てはまる営業方法だったはず。

テレビの向こう側にいる人、コンサートでしか会えないような人が隣に座ってくれるのだから、それだけで満足し幸せを感じるというものだ。

一国の王子となんて、それ以上どころか比べられないほど価値があるものに違いない。

「…………」

「…………」

「あ、あの、お飲み物は何がよろしいですか？」

「…………」

そう尋ねられた王子は、こてんと首を傾げる。特に希望はないのだろう。

「で、では、こちらをセオドア様に……！」

やがてリタ様が震える指で示したのは、ユリウスに言われ用意していたものの、こんなもの絶対に出ないだろうと高を括っていたぼったくりの最高額の紅茶だった。

「ええっ！　あ、あの詐欺まがいの紅茶を……!?」

「セオドア、すげーな」

ヴィリーと驚いてしまったけれど、王子相手ならこれくらいはと思ってしまうのかもしれない。王子、もはや座っているだけで超売れっ子になっている。

「………………」

お茶が運ばれてきたところで、王子は美しいエメラルドの瞳でじっとリタ様を見つめる。そしてリタ様が「ど、どうかされましたか？」と戸惑ったように口を開いた時だった。

「――――」

王子が何かを呟いたかと思うと次の瞬間、リタ様はぱったりと床に倒れていた。

「リ、リタ様⁉　大丈夫ですか⁉」

ミレーヌ様と共に慌ててリタ様の元へ駆け寄り、細身の小さな身体を起こす。どうやら王子が発した言葉がきっかけで、色々と限界を迎えたようだ。

王子はぱちぱちと長い睫毛に縁取られた瞳を瞬き、倒れ込んだリタ様を見つめている。王子と言えど、一言喋っただけで人が倒れれば、驚くのは当然だろう。

顔が真っ赤なままうわ言を呟いていたリタ様は、迎えによって運ばれて行った。大丈夫だろうか。

「美形に弱いとは知っていたけれど、まさか倒れてしまうなんて……大丈夫かしら」

「心配ですね……でもリタ様がこんなにも体を張って協力してくださったお蔭で、かなり方向性を掴めたような気がします」

ここまで私達の模擬店のために頑張ってくださったリタ様には、後日しっかりとお礼をしたい。

「ひとまず今日の練習はここまでにしよっか。吉田とラインハルトはまた後日で」

練習相手がいなくなってしまったため、二人の練習は数日後にすることにしたのだけれど。

「分かったよ。でも僕、練習相手はレーネちゃんがいいな。最初は緊張しちゃうかもしれないし」

「分かった！　むしろ接客自体は大丈夫？　辛かったり不安だったら裏方でもいいよ」

「ううん、大丈夫。頑張るから」

ラインハルトは元々、酷いいじめを受けていて人見知りなところがある。いきなり見知らぬ人が相手では、緊張してしまうのも当然だろう。

無理はしてほしくないけれど、やる気はとてもあるようなので精一杯応援したい。

「じゃあ、吉田も私が練習相手でいい？」

「ああ」

「吉田に接客されるとか緊張しちゃうな、へへ」

「やりづらいな」

そうして明後日は、私がお客さんとして二人の練習相手をすることになった。なんだか友人達に接客されるというのは、気恥ずかしいものがある。

その後、気になることがあった私は、ボックス席で静かにお茶を飲む王子の元へと向かった。

リタ様用に淹れたお代わり用のぼったくり紅茶も手付かずだったため、いただくことにする。

「あ、このお茶すごい美味しいですね。流石にお値段には全く釣り合っていないですけど」

「…………」

「さっき、リタ様に何て言ったんですか？」

そう、気絶するほどの一言が気になっていたのだ。王子はそれはもう美しい所作でティーカップをソーサーに置くと、私へと視線を向け、薄い唇を開いた。

「あり」

「…………」

「…………」

「…………」

「あ、あり……？　蟻？」

「…………」

「えっ、本当に『あり』だけですか？」

「…………」

私の問いに、王子はこくりと頷く。なんと本当に「あり」しか言っていないらしい。

きっと無口すぎる王子も最高額のお茶に対してお礼を言おうとしたものの、たった二文字を発した時点でリタ様は倒れてしまったようだった。

確かに王子は滅多に喋らない分、そして声がとても美しい分、破壊力は抜群だ。

私の場合は王子を巻き込み崖から落ちた際に「何故、マクシミリアンをヨシダと呼んでいる」というのが初会話だったため、ときめきのとの字もなかったものの、時と場合によっては失神レベルだったかもしれない。

たった二文字で女性を卒倒させる王子の恐ろしさに震えつつ、こちらも健全な接客ではあるため本番も安心して臨めそうだ。担架《たんか》だけは用意しておこうと思う。

「当日もよろしくお願いしますね」

「…………」

「あ、そのカップケーキ、美味しかったですか？　良かったです！　私が作ったんです」

「…………」

「また作ってきますね。チョコチップとか紅茶味とか、今いろいろ改良を重ねていまして」

「…………」

やはり最近は王子の気持ちが伝わってきて、楽しく会話ができるようになって嬉しい。

王子自身にも学園祭を楽しんでもらえるよう、しっかりサポートしていこうと思った。

◇◇◇

翌日の放課後、全ての授業を終えた私はカフェテリアでユッテちゃんと二人でお茶をしていた。

「本当にありがとう。レーネちゃん達のお蔭でジェレミー先輩と上手くいったんだもの」

「ううん、私は何もしてないよ。ユッテちゃんが頑張ったからだよ！　おめでとう！」

二人は順調に交際を続けているらしく、とても幸せそうで何よりだ。告白の翌日、報告はすぐにしてもらったものの、詳しい話を聞くのはこれが初めてだった。

告白シーンもユリウスのとんでもない行動のせいで何ひとつ聞こえていなかったけれど、思わず涙してしまうくらい誠実で感動的なものだったらしい。

「好きな人が自分のことを好いてくれているって、すごく幸せなことだなって感じてるんだ」

「うんうん」

思わず口角が緩んでしまいながら素敵な話を聞いていたところ、突然両手を掴まれ、真剣なまなざしを向けられた。

「次はレーネちゃんの番だよ！　私、レーネちゃんには絶対に絶対に幸せになってもらいたいし、全力で応援するから！」

「えっ、私？」

「うん！　ずっと恋したいって言ってたでしょ？」

そもそも転生してからの一番の目標は、恋愛をしたいというものだった。けれど死亡ＢＡＤなんかがあると知ってからは、今はそれどころではない気がしていた。

それでもユッテちゃんの幸せそうな姿を見ていると、やはり憧れを抱いてしまう。

内心葛藤していると、そんな心の中を見透かしたようにユッテちゃんは私の名前を呼んだ。

「勉強のこと気にしてるんだよね？　レーネちゃんは恋愛をしたからって、やるべきことを疎かにするような子じゃないよ。レーネちゃんが好きになる人も、支えてくれる素敵な人だと思うし」

「ユ、ユッテちゃん……！」

まっすぐな言葉や、そんな風に私のことを思ってくれていたと知り、じーんと胸を打たれる。

「無理にするものではないけど、好きな人がもしもできたら、その気持ちを大事にしてほしいな」

「うん、ありがとう！　絶対にそうする！」

ユッテちゃんの言葉はすとんと胸の中に落ち、私は彼女の手を握り返すと何度も頷いた。前世と今世を合わせても私にとっては初恋になるのだし、自分の気持ちは大切にしたい。

にっこりと微笑んだユッテちゃんは「そう言えば、ずっと気になってたんだけど」と続ける。

「レーネちゃんってどんな人が好みなの？　性格とか」

見た目についてはアーノルドさんがどストライクではあるものの、それ以外の好みについてあまり考えたことがなかった私は「うーん」と首を傾げた。

前世では二十歳を超えていたし、今十五歳の私にとって年下は流石に厳しい。後はとにかく一途で優しくて、一緒に頑張っていける人なんかが理想かもしれない。

「年上で優しくて、私をすごく好きな人がいいな」

「うんうん」

「あとは健康で私より長生きしてくれると嬉しいかも」

「レーネちゃんの好み、少し変わってるね」

こうして口に出してみると、なかなか恥ずかしいものがあるけれど、ユッテちゃんは何度も頷きながら聞いてくれる。

「ごめんなさい、遅くなって」

「ううん！　お疲れ様」

そんな中、用事を終えたテレーゼが来てくれて、私達の間の椅子に腰を下ろした。

「とても楽しそうだったけれど、何の話？」

「恋バナをしてて、レーネちゃんの好きなタイプを聞いてたの」

「そうだったのね。私もレーネの話が聞きたいわ」

「でも、悲しいくらいに浮いた話はないんだ」

「あんなに美形に囲まれてるのに、不思議だよね」

確かに周りはみんな美形だけれど、大切な友人であって恋愛する相手として見たことはない。

向こうだって私にそんな風に見られても困るだろう。吉田辺りは「は？　気色が悪いな」と一蹴してきそうだ。

「でも、レーネちゃんって今まで一度も恋をしたことがないんでしょ？　自覚してないだけかも」

「確かに恋がどんなものなのか、さっぱり分かってないのはあるかもしれない」

「あっ、そうだ。いきなりだけど、もしも二人きりで一緒に旅行に行くとしたら誰がいい？」

「旅行？　うーん、それならユリウスかな」

頼りになるし気を遣わず楽しめそうだと思い、そう答える。

するとユッテちゃんは「ふむ」と首を傾げた。

「心理テストなんだけど、実は好きな人なんだって」

「げほっ、ごほっ」

予想していなかった答えに、ティーカップに口を付けたばかりの私は思わず咳き込んでしまう。

「レーネちゃんのお兄様はすっごくかっこいいし、好きになってもおかしくないと思うけど……間違ってドキドキしちゃったりしないの？」

「ええと、それは……」

正直なところ、最近はドキドキしっぱなしだ。時間が経てば自然と落ち着くと思っていたのに、むしろ悪化するばかりで困っていた。

テレーゼもユッテちゃんも信用できる大切な友人だということもあり、まだ吉田にしか話していない秘密を打ち明け、相談してみることにした。

「……実はね、ユリウスと私、血が繋がってないんだ」

「えっ⁉」

「まあ」

顔を寄せて小声でそう話せば、二人はひどく驚いた表情を浮かべた。テレーゼは口元を片手で覆っており、ユッテちゃんなんて目を見開き、椅子から転げ落ちそうになっている。

「全く似ていないとは思っていたけれど……まさか妹さんだけじゃなく、お兄さんとも繋がっていないなんて」

「我が家、本当におかしいよね。怖いもん」

冷静に驚くテレーゼの隣で、ユッテちゃんは何度か大きく深呼吸をした後、ふうと息を吐いた。

「何故か私がドキドキしてるんだけど、レーネちゃんのお兄様も、もちろん知ってるんだよね？」

「うん、知ってると思う」

「それであんなにレーネちゃんのことを大切にして独占欲たっぷりなのって、間違いなく恋愛感情を抱いてるよ！　絶対にそうだよ！」

ユッテちゃんはそう断言したけれど、私としてはやはりそうとは思えない。仮にユリウスが私のことを好きだとして、それを隠す理由がないからだ。

「でも私は血が繋がってないって知ってから、いちいちドキドキしちゃって困ってるんだ。どうしたら落ち着くかな？　今まで通り兄妹として仲良くしたいのに」

そう尋ねると、二人は顔を見合わせた。

「それは仕方ないんじゃないかしら？　記憶がないんだし、兄というよりただの異性だもの」

「そうだよ！　誰だってそうなると思うし、あんなお兄様にドキドキしない方がおかしいよ！」

強くそう言ってくれて、ほっとする。やはりこれは不可抗力なのだ。

私ではなくユリウス・ウェインライトという、誰でもときめいてしまうような人間が悪い。

あんなにも格好良くて自分にだけ優しくて、困った時にはいつだって側で助けてくれる異性にときめかない可能性なんて、天文学的な確率である気がしてきた。

「でも、レーネちゃんは他の誰にもドキドキしたりしないんでしょ？　ヨシダくんやヴィリーがお兄様と同じことをしたとしても、ドキドキしないよね？」

「……確かに、どうしてだろう」

確かに吉田やヴィリーに抱きしめられても「暑いね」くらいの感想しか出てこない自信がある。

アーノルドさんの距離感バグも心臓が悲鳴を上げるものの、ユリウスの時とは違う。胸の奥がぎゅっと締め付けられるような、あの感覚になることはなかった。

「そのドキドキが恋の始まりかもしれないよ？」

そんな言葉に、はっと顔を上げる。

私がユリウスのことを好きになるなんて、考えたことがなかった。

今まで何度もドキドキしてしまっていたけれど、つい最近までは兄だと認識していたし、私が男性に免疫がないからだと思っていたのだ。

「私がユリウスを……えっ、私がユリウスを!?」

「ふふ、レーネちゃんって本当に恋愛初心者なんだね。とにかく、ありのままでいいと思うな」

「ええ。レーネの気持ちはレーネのものだもの。もしも誰かを好きになったとしても、絶対に悪いことじゃないわ」

けれど私がユリウスを好きになってしまったら、私達の関係はどうなるんだろう。ユリウスにそんなつもりがなければ、避けられたりしてしまうのかもしれない。

それでも、先ほど自分の気持ちを大切にすると約束したばかりなのだ。何よりまだ恋だと決まったわけではないし、心配しすぎていた気さえしてくる。

「それに、レーネちゃんのお兄様は絶対もう――」

「あ、レーネ。まだ時間かかりそう？」

「わああああああ！」

ユッテちゃんが何かを言いかけたのと同時に、突然ユリウスの声がして、大きな悲鳴が漏れた。

どうやら今日も、一緒に帰ろうと待っていてくれたらしい。

「あれ、お取り込み中だった？」

「う、うううん！」

「どっちなの？　それ」

どこまで会話を聞いていたのか不安になったものの、何も聞いていなかったようで安心する。

「ちょうど話が終わったところだったので、ぜひレーネちゃんを連れて帰ってください！」

「えっ、ユッテちゃん⁉」

「そうね。お兄さんを待たせるのも悪いし」

二人は私をぐいぐいとユリウスの方に押した後、手を振った。謎の気を遣われている気がする。

「そう？　じゃあお言葉に甘えるね、帰ろっか」

「ハ、ハイ……」

手を繋がれ、心臓が早鐘を打っていく。

やがてユリウスはもう一方の手で、するりと私の頬に触れた。

「どうしたの？　なんか顔、赤いけど」

「こ、紅茶にアルコールが入ってたのかもしれない」

「あはは、それが本当なら大問題だよ」

動揺する私に冷静なツッコミをするユリウスは「ほんと最近、変だよね」と言って笑う。

その無邪気な笑顔に、やっぱり胸の奥がぎゅっと締め付けられたのが分かった。

――このドキドキがいつか「恋」になるかもしれないのかと思うと、どうしようもなく落ち着かなくなる。

それでも不思議と嫌ではないと感じながら、私は温かな手を少しだけ握り返し、歩き出した。

「……あの二人、絶対にもう始まってると思うんだ」

「奇遇ね。私もそう思っていたところよ」

◇◇◇

放課後、ラインハルトと吉田、お手伝いのユッテちゃんと私は恒例となった空き教室にて顔を合わせていた。

「それでは第三回、接客練習を始めたいと思います。今日はラインハルトからやってみよう、私のことは初対面の知らない人だと思ってね」

「うん、努力してみるよ」

ラインハルトはにっこりと頷くと、私を例のボックス席へと案内してくれた。

「うわ、ここに座るの結構恥ずかしいね」

「確かに見られてると思うと、照れるかも」

お客さんとして接客されること自体ソワソワする上、やりとりを見られるのは緊張してしまう。

改めていつも全力でやりきってくれるリタ様のことを尊敬しながら、隣に腰を下ろしたラインハルトへ視線を向けた。

「あの、なんだかやけに近すぎませんか?」

「そんなことないよ」

はっきりと断言され、私が間違っているのかと思ってしまったものの、やはりほぼゼロ距離というのはおかしい。

ぴったり身体は密着し、ラインハルトの手は私の腰に回されているのだ。ふわりと甘い香りが鼻をくすぐる。

「な、なるほど……こういうスタイルですか」

ラインハルトもアーノルドさんと同じ、色恋接客スタイルなのかもしれない。それであれば私もお客さん役として、しっかり反応していかなければならない。

「レーネちゃんとこうして二人きりになれて、嬉しいな」

「二人きり……うん、二人きりだね」

割と近くにいた吉田が、少しだけ気まずそうな顔をしてそっと窓際へ移動する。

この空間にはユッテちゃんだっているものの、ラインハルトには私しか見えていないらしい。

「あっ、それでは何か飲み物を……」

「レーネちゃんはさ、僕が他の人を接客していても全く嫌じゃないんだろうね」

「……な、なんて？」

あまりにも話題が唐突すぎて、悲しげな視線を向けてくるラインハルトを前に、私は戸惑うことしかできない。

「僕はもしもレーネちゃんがこうして他の人を接客していたら、耐えられないと思う」

「ええっ……はっ！」

何故いきなりこんなことを言い出したのか、不思議だったけれど。もしかするとこれは他の客の接客をさせないくらい高額を使い、独占しろという遠回しな煽りではないだろうか。

なるほどそうきたかと、私は気合を入れ直す。

「レーネちゃんは僕なんてどうでもいいんでしょ？」

「そんなわけないよ！　しっかり推してる！」

「僕はレーネちゃんがいないと頑張れないんだ。本当に僕だけを応援してくれる？」

ぎゅっと右手を握られ、縋るような目を向けられる。

そして、気付いてしまう。これは病み営――つまり自分の弱さを見せることで、庇護欲を掻き立てたり母性本能をくすぐる営業方法だと。

こんな態度をとられては、私が支えてあげなければという気持ちになってくる。ここはやはりお客さんの立場でしっかり反応しなければと思った私は、慌ててメニューを手に取った。

「わ、分かった！　私が応援するから、頑張ろう！」

「本当にずっと僕だけ？」

「もちろん、任せて！　だから元気出して！」

「うん、良かった。すごく嬉しいな」

ぱあっと眩しい笑顔を向けられ、ほっとする。改めて顔が良すぎると思いながら、ちょろい私はうっかり高級なお茶を頼んでしまっていた。

「私、こんな調子じゃ破産しちゃうね」

「破産しても一生、僕が養うから大丈夫だよ」

ここにきて結婚営業までセットでついてきたことで、ラインハルトが恐ろしくなる。

まんまと営業にハマってしまったちょろい私やリタ様は、リアルホストクラブに行ってはいけない人種だと実感した。

「レーネちゃん、そろそろ交代時間だよ」

そしてユッテちゃんの声をきっかけに、練習を終えることとなった。長時間続いていたら、きっとまた高額な紅茶を頼んでしまっていたに違いない。

練習開始前の不安な表情は何処へやら、ラインハルトは玄人の如く実力を発揮していた。

「ラインハルト、プロみたいだったよ。びっくりした」

「そうなの？　僕、レーネちゃんのために頑張るから」

「ありがとう！　私も裏方頑張るね」

ラインハルトも二年生組に劣らず、かなりの額を稼ぎそうだ。それにしてもみんなそれぞれ営業スタイルが異なり、気が付けば死角のない経営体制になっている。

そしていよいよ最後は、吉田の練習ターンとなった。

いつものように隣に腰を下ろし、メニューを渡される。

「何にするんだ？」

「マクシミリアンくんの好きなもので……私も吉田くんの好きなものを好きになりたいから……」

「いきなりブレているぞ」

お客さん役に慣れてきた私は、せっかくの練習だしと吉田ガチ恋客として臨むことにした。

「好きな高いもの頼んでいいんだよ？　私、大好きな吉田くんの一番のお客さんになりたいんだ」

「いや、無理はしなくていい」

「本当？　細客な私のこと、嫌いにならない……？」

「それくらいで嫌いにはならないから、安心しろ」

「えっ、じゃあ好きってこと⁉」

「なぜ好きか嫌いかの二択しかないんだ」

面倒な客でも吉田はしっかり相手をしてくれ、健全な友営——友達営業のノリで接してくれる。

「吉田くんの好きなタイプってどんな子ですか？」

「特にないな」

「えっ、つまり私ってこと⁉」

「ポジティブ過ぎるだろう」

楽しく会話をしていると、たまに吉田も笑ってくれて嬉しくなる。吉田の笑顔、プライスレス。

「吉田くんが浮気しないように、頑張ってお金を使うね！」

「どの立ち位置なんだ、お前は」

安心して楽しめる吉田は、リピーターが続出するに違いない。私もうっかり毎日通ってしまい、本数エースになっていたかもしれない。二日限りの営業で本当によかった。

気が付けば途中からは聞き上手の吉田によるお悩み相談室になっており、私は早速ユリウスへのドキドキの件についてもこっそり相談してみたのだけれど。

「でね、最近ドキドキするんだ、って言ったらユッテちゃんが恋かもしれないって言うから、びっくりしちゃった」

「お前こそ浮気じゃないか」

吉田の口からそんな言葉がこぼれた瞬間、私は思わず手に持っていたティーカップを放り投げそうになった。

「え……？　よ、吉田、酔ってる……？」

「なぜ俺が言うと冗談にならないんだ。本気で恥ずかしくなるからやめろ」

「吉田って冗談とか言うんだね、萌え」

「うるさい。そもそも俺を何だと思っているんだ、セオドア様だって冗談くらい言っているぞ」

「ええっ」

吉田と王子が冗談を言い合っている微笑ましい光景、お金を払ってでもぜひとも見たい。

冗談に対し私がマジレスしたことで照れている吉田が可愛くて、思わず私も自宅に溜め込んでいるお小遣いを取りに行きそうになった。好きだ。

「吉田ごめん！　今後は私ばかりボケていないで、吉田にも譲ってくからね。私、ツッコミもできるようになるから！」

「いらん気を回さんでいい。おい、離せバカ」

吉田ジョークを他にも聞かせてほしいと縋り付いていると、不意に後ろに抱き寄せられた。慣れ親しんだ香りにより、振り返らずとも誰なのか分かってしまう。

「はい、そろそろおしまいね。お疲れ様」

「助かりました、ありがとうございます」

「いいよ。俺、ヨシダくんのことは好きだから」

いつの間にか迎えにきてくれていたユリウスによって止められ、練習は終了した。時間もちょうど良かったようで、今日はここまでということになった。

「吉田の接客、すごくよかったよ。当日もよろしくね！」

「まあ、やれるだけのことはやるつもりだ」

こうして全員の練習が終わり、これは恐ろしい模擬店になると改めて確信する。ここまでやるからには必ず優勝したいと、私は更に意欲を高めた。

真実のかけら

学園祭二日前の今日から、普通の授業は休みとなる。

生徒会役員や模擬店をやる生徒のみが登校することになっており、私はもちろんユリウスと共に朝から学園へとやってきていた。

週末の間に内装業者に入ってもらっていたため、ドキドキしながらドアを開ける。

「わあ……！　すごい！　本物のお店みたい！」

「うん、いい出来だね」

昨日までただの教室だった場所が、華やかで高級感のあるホストクラブ風になっており、一歩足を踏み入れた私は思わず感嘆の声を漏らす。

金と黒を基調とした店内にはいくつもボックス席があり、大きなシャンデリアまで輝いていて驚いてしまう。美しい花や絵もあちこちに飾られていて、胸が弾んだ。

間違いなくこれは、学生の学園祭のクオリティーではない。

「これはもう、勝ちが見えましたわ……」

「あはは、それならよかった」

このクオリティーとキャスト陣を考えれば、確実に優勝とランク試験での加点はもらっただろう。

メンバーみんなに感謝しながら、私はぐっと右手を握りしめる。

「ソファーもすごくふかふかだよ！　ほら！」

「レーネ、小さい子供みたいだね」

実際に席に座ってみると、座り心地も抜群だ。

隣に腰を下ろしたユリウスも「うんうん」と頷いている。

「これ、いくらかかったの？　怖いんだけど」

「内緒。ちゃんと上手くやっておくから大丈夫だよ」

お金に関してはユリウスに任せているけれど、目玉が飛び出てしまう金額な気がしてならない。

「ねえ、あそこの絵とか――っ」

「うん？」

飾られていた絵を眺めた後に何気なく振り返ると、なぜかすぐ目の前にユリウスの顔があって、いつの間にかソファーの背に壁ドン状態になっていた。

「ど、どど、どうされたのでしょう？」

「せっかくだし、接客の練習でもしようと思って」

「ユ、ユリウスはもう練習とかいらない気が……」

やはりドキドキしてしまい、視線を逸らし、必死に背もたれに身体を押しつける。少しでも距離を取ろうとしていると、やがてユリウスは小さく溜め息を吐いた。

「やっぱりレーネ、最近なんかおかしいよね？　前より距離感じてすごく嫌なんだけど」

「……え」

「俺、レーネにだけはそういうのされたくないみたいなんだ。理由があるなら言ってほしい」

悲しげな視線を向けられ、胸が締め付けられる。

確かに今までは近づかれても「はいはい、距離感バグってますよ」で済んでいたのだ。

まさか私が異性としてユリウスのことを意識し、照れているとは思わないはず。その結果、避けていると捉えられているのだろう。

自身の耐性のなさのせいでユリウスが傷ついていると思うと、申し訳なさでいっぱいになる。

「こないだは大好きって言ってくれたけど、やっぱり俺のこと嫌になった？　それなら近付くのもやめるよ」

「ま、まさか！　むしろその逆で――……」

身体を引いたユリウスの腕を、無意識に慌てて掴む。

そして思わずそう言ってしまった瞬間、私はやってしまったと自身の口元を押さえた。

「え？」

ユリウスは一瞬、切れ長の目を驚いたように見開いたものの、やがて形の良い唇で孤を描く。

「むしろその逆、ってどういう意味？」

「……そ、それは、そのですね」

「教えてよ」

先程までの悲しげな様子はどこへやら、ユリウスは余裕たっぷりの笑顔で私を見つめている。

この感じ、察しがついているのにとぼけて聞いている気がしてならない。そもそも傷ついたような表情や声色も、すべて演技だったのではと思えてきたくらいだ。

「な、何でもないです！　間違えました！」

「レーネに嘘吐かれるの、悲しいな」

「うっ……」

逃げられそうにない状況とは言え、本音を話し、学祭直前に気まずくなるのは避けたい。

とにかく今は黙秘を貫くことにする。

「ふうん？　だんまりなんだ」

「…………」

「でも、意外だったな。本気で避けられてるのか、そういう感じなのか半信半疑だったから」

「えっ？」

やはり私がユリウスを異性として意識していると、バレていたのかもしれない。けれど、それにしては嬉しそうな様子で内心戸惑ってしまう。

――私がユリウスのことをそういう風に見てしまっていても、嫌ではないのだろうか。

「正直、安心した」

ほっとしたように笑う姿に、また心臓が跳ねる。

そして不意に、ユリウスとの距離がさらに縮まった。

「俺の勘違いじゃないって、ちゃんと教えて」

「……っ」

「そうしたら、俺も――」

耳元でそう囁かれ、思わず正直に白状しそうになっていた時だった。

「うおっ、何だこれ！　すげーな！」

「本当ね。教室とは思えないくらいだわ」

ドアが開き、ユリウスの声に重なるようにヴィリーの元気な声とテレーゼの声が室内に響く。

「……あーあ、残念」

ユリウスはそう言うと、ぱっと私から離れた。

ナイスタイミングで来てくれた二人に、心の底から感謝する。このままでは洗いざらい吐かされるところだった。

「続きは後夜祭の時に聞かせてもらおうかな」

「つ、続きとか大丈夫なので」

「ごめんね、俺が大丈夫じゃないんだ」

私の頭をぽんと撫で、ユリウスは立ち上がる。一番を取ると確信しており、流石の自信だ。

「さて、準備頑張りますか。あ、おはよう」

「おはようございまーす！　うわ、先輩なんか今日は朝から一段とキラッキラしてますね」

「そう？　いいことがあったからかな」

何より「そうしたら俺も――」の続きは、一体何を言おうとしていたのだろう。気になっては落ち着かない気持ちになりながら、準備を進めた。


「……よし、こんな感じかな？」

「すごく良い感じだね」

「うん！　二日限りなのがもったいないくらい」

全員が集まってくれたことで一日で準備が終わり、明日は自宅で休むこととなった。

「みなさんのお蔭で無事に準備も終わりました。本番は優勝目指して頑張りましょう！」

改めてお礼を伝えれば、口々にありがとうと返されて笑顔がこぼれた。この模擬店がきっかけで、少しでもみんなにとって楽しい学園祭になれば嬉しい。

下校時刻も近づいており、当日の朝に最終確認をすることにして、今日はこれで解散となった。

「俺達、ちょっと教室に顔出してくる」

「分かった！　待ってるね」

「うん。なるべく早く戻ってくるよ」

ユリウス達は二年生の教室へと向かい、私は帰っていく一年生組を見送る。一日中、忙しなく準備をしていたことで、朝のドキドキも流石に落ち着いていた。

そんな中ふと、棚の上に置いてある調理器具に気が付く。当日は使わないものだし、返却しておいた方がいいだろう。

「これ、調理室に返してくるね」

「ああ。手伝う」

「ありがとう、吉田！」

帰ろうとしていた吉田は、大半をさっと持ってくれる。そのイケメンムーブに感謝しつつ、二人で調理室へと向かう。

既に窓の外は赤く染まり始めているけれど、学園内にはまだまだ生徒が残っているようだった。みんな気合を入れて臨んでいるのだろう。

「なんだかあっという間の準備期間だったね」

「そうだな」

「明後日、すごく楽しみ！　でも少し緊張してきちゃった」

「来年や再来年だってあるんだ。あまり気負うな」

「うん。その時も一緒に模擬店やってくれる？」

「まあ、気が向いたらな」

「ありがとう！　来年は何やる？」

「俺の話を聞いていたか？」

他愛のない話をしながら歩いていき、廊下の角を曲がって調理室が見えた瞬間、だった。

「――――」

大きな爆発音が響いたかと思うと、頭と肩にとてつもない痛みを感じる。気が付けば私の身体は思い切り床に叩きつけられていて、ぼんやりと天井が見えた。

すぐに吉田が駆け寄ってくれたものの、あまりの痛みに指先ひとつ動かせず、声も出ない。視界もだんだんとぼやけてきて、これはまずいやつだと悟る。

「おい、しっかりしろ！　レーネ！　おい――」

そして少しずつ吉田の声が遠ざかっていき、私の意識はぷつりと途切れた。

◇◇◇

ゆっくりと意識が浮上し、目を開ける。

「……っいった……吐きそう……うえ……」

頭が割れそうに痛む中、頬に触れているひんやりとした床の感触が気持ちいい。

少しずつ思考がはっきりしてきて、爆発的なものに巻き込まれて頭を打ったことを思い出す。吉田は無事だっただろうかと慌てて身体を起こした私は、息を呑んだ。

「……な、んで……」

つい先程まで学園の廊下にいたはずなのに、目の前にはゲーム機の詰まった棚やテレビがあったからだ。見覚えのある光景に、だんだんと心臓が早鐘を打っていく。

だって私が、この場所を分からないはずがない。

「私の、部屋……？」

そう、この場所は間違いなく私が暮らしていた、元の世界の自室だった。

頭を打って気絶し、夢でも見ているに違いないと頬をつねってみる。すると普通に痛みを感じ、もしかしなくても現実ではと冷や汗が流れた。

「いやいやいや……えっ、嘘でしょ？」

間違いなく私が暮らしていた部屋ではあるものの、きょろきょろと辺りを見回してみると、見覚えのない物があったり家具の位置が動いていたりと変化がある。

綺麗な花があちこちに飾られ、レースの可愛らしい小物が増え、乙女らしさが増しているのだ。

自分の部屋ではないような、まるで異世界やパラレルワールドに来たような感覚がする。

「な、なんで……あ！」

テーブルの上にスマホがあるのを見つけ、慌てて手に取る。けれど自身の誕生日に設定していたパスワードを入力しても、解除されることはない。

傷のつき方を見ても、間違いなくこれは私が使っていたものだ。誰かがパスワードを変更したのだろうか。奇妙なことばかりで、心臓が嫌な音を立てていく。

ロック画面で日付を確認すれば、私が死んだと思っていた日から、半年近くが経っていた。

「やっぱり私、死んでなかった……？」

半年経っても部屋やスマホは解約されておらず私の身体は無事、そして様々な変化があるというのはつまり――私として誰かが暮らしていたと考えるのが妥当だろう。

自分以外の誰かが自分として暮らしていただなんて、普通に怖すぎる。それでも私だってレーネとして生きていたのだから、人のことは言えないのかもしれない。

「……とりあえず、落ち着かなきゃ」

ひとまず深呼吸をし、なんとか冷静になろうとする。

身体は完全に自由に動くようで、少しでも情報を得ようと部屋の中を見て回った。本当に今の今まで誰かが暮らしていた形跡があって、落ち着かない気持ちになる。

やがてソファーに腰を下ろすと、私はこれからどうなるのだろうと頭を抱えた。

――このままこの半年間の出来事全てがなかったことになり、この世界で改めて「鈴音《れいね》」として生きていくのだろうか。そんなの、絶対に嫌だった。

戻るためのきっかけにならないかと思い、ゲームソフトを捜そうとした時だった。

「鈴音、いるのか？」

「……へ？」

ガチャリと鍵を開けた音がしたかと思うとリビングのドアが開き、背の高い男性が入ってくる。

その顔には見覚えがあり、私は言葉を失う。どうしてこの人が、こんなところにいるのだろう。

本気で訳が分からず、呆然と見つめ返すことしかできない。

「一日連絡がないから、心配で来たんだ」

「……え、ええと」

本気で心配したような、親しげな様子で優しく声を掛けられる。合鍵を持っているほど親しい関係性らしく、さらに混乱してしまう。

「いった……う、っ……」

そんな中、鈍器で殴られたみたいにひどく頭が痛み始め、耐え切れずぐらりと視界が傾く。

そしてソファーに倒れ込んだ私は再び、意識を失った。

◇◇◇

ゆっくりと目を開けると、見慣れた真っ白な天井が視界に飛び込んでくる。ここ半年毎日見ていたもので、心底ほっとしてしまう自分がいた。

「……あー、あいうえお、わをん」

やはり声もレーネのもので、こちらに戻ってくることができたのだと、安堵の溜め息を吐く。

「よ、よかったあ……」

――本当に、本当に怖かった。元の自分に異変が起きていることよりも、この世界でみんなと過ごす日々を失うことが、どうしようもなく怖くて仕方なかった。

今の私にとっての帰るべき場所、帰りたいと思える場所はここなのだと、改めて実感する。

それにしても、今のは何だったんだろう。夢にしてはリアルで、奇妙なことばかりだった。

もう頭の痛みもなく、身体が軽い。クマのぬいぐるみが並ぶベッドから身体を起こすと、少し離れた場所にある椅子にユリウスが座っていることに気付く。

「…………」

「…………」

その顔色は悪く、目が合った瞬間、ユリウスらしくない明らかに動揺した様子を見せた。

その上、こちらをじっと窺うように見つめるだけで、声ひとつ発さない。いつもの兄なら、もっと近くに座っていそうなものなのに。

まずは今までレーネの身に何が起きていたのか知りたくて、ユリウスに声を掛けた。

「ねえ、ユリウス。今まで何があったか教えてもらっていい？」

「……レーネ？」

「うん？」

「本当に、レーネなの？」

質問の意図が分からず、首を傾げる。やはりユリウスらしくない言動に、戸惑ってしまう。

「うん。私だよ、私」

なんだか詐欺みたいだと思いながらもそう答えると、ユリウスは一瞬、泣きそうな顔をする。

そして、私の元へとまっすぐやってきたユリウスはベッドに静かに腰を下ろすと、私の頬にそっと触れた。まるで触れることすら躊躇う手つきに、やはり兄らしくないと思ってしまう。

「……俺に触れられるの、嫌じゃない？」

「うん。いつものことだし」

多少はドキドキするものの、状況が状況なだけにいつもよりは落ち着いている自分がいる。

すると次の瞬間きつく抱きしめられていて、その優しい体温にほんの少し泣きそうになった。

「……本当に、生きた心地がしなかった」

「その、心配かけてごめんね」

私の肩に顔を埋めたユリウスは「心配どころじゃない」と責めるような声で呟く。今は痛みひとつなくピンピンしているけれど、よほど危険な状態だったのだろうか。

「もしかして、何も覚えてない？」

「うん、調理室の前を歩いてた辺りからさっぱり」

顔を上げたユリウスは信じられないという表情を浮かべると、やがて口を開いた。

「……お前、爆発事故に巻き込まれた挙句、意識を取り戻した後は階段から飛び降りたんだよ」

「へ？　飛びお……ま、待って、どういうこと？　私、爆発事故の後に意識を取り戻したの？」

「うん。それからすぐ飛び降りて半日意識を失ってた」

「……うそ」

もちろん、ユリウスがこんな嘘を吐くはずがない。信じられないけれど、事実なのだろう。つまり私が元の身体に戻っていた間、この身体に誰かが入っていたということになる。

そしてその可能性がある人間など、一人しかいない。

「う、嘘でしょ……」

口元を手で覆った私はユリウスに抱きしめられていなければ、その場に倒れていたに違いない。

だってそんな可能性、考えたこともなかったのだ。単に私が死に、ゲーム世界のキャラクターに転生しただけだと思っていた。

――まさか私とレーネが、入れ替わっていたなんて。

元の世界の私の部屋で私として暮らしていたのも、きっとレーネだったのだろう。

貴族令嬢として過ごしていた彼女が現代社会で暮らしていくなんて、死亡フラグのある私よりも大変に違いない。けれど不思議と、普通に暮らしているようだった。

そもそも一体なぜこのタイミングで入れ替わり、そしてまた元に戻ったのかも分からない。不思議なことばかりで、再び頭が痛くなってくる。

「その、目を覚ました後の私、どんな感じだった？」

「………………」

「ユリウス？」

そう尋ねても、ユリウスは長い睫毛を伏せたまま口を閉ざしている。

「……あ」

何故かと思ったけれど、すぐに気付いてしまった。

レーネとユリウスは元々、会話すらない関係だったと聞いている。その上、いきなりこちらの世界に戻ってきたことを考えれば、穏やかなものではなかったはず。

「……目が覚めた後、側にいた俺を突き飛ばして泣き出したんだ。で、色々と言われたよ」

やがてユリウスは傷ついた表情でそう呟いた。その色々が何なのかなんて、聞けるはずもない。

そしてようやく、目覚めた時にユリウスが遠くに座っていたことも、私に私なのかと確認したことも、どこか怖がっているような様子だったことにも納得がいった。

レーネが、思い切りユリウスを拒絶したからだ。

心から心配してくれていたであろうユリウスの気持ちを思うと、胸がひどく痛んだ。

「それからすぐ『こんなところには居たくない』『私はもう私でいたくない』って泣き喚いて部屋から出て行ったかと思うと、ホールの階段から飛び降りてた」

「そんな……」

「今回も酷い怪我だったけど、ジェニーの魔法で応急処置をして医者を呼んで、大事には至らなかったんだ。てっきり記憶が戻ったと思ったけど、違うみたいだね」

「……うん」

ユリウスはそう言って、私の背中に回していた腕に力を込める。

私もまた、その背中にそっと手を回した。

「色々と心配をかけたり、嫌な思いをさせたりしてごめんね。でも今は本当に何も覚えてないよ。ユリウスのことも大好き」

「…………」

「ユリウス？」

「……泣きそうになったの、人生で二回目かもしれない」

安心したと冗談めかして笑っているけれど、それほど不安にさせ、傷つけてしまったのだろう。

私だってある日突然ユリウスに拒絶されたら、立ち直れなくなるかもしれない。けれど、今の話を聞いてはっきりしたことがあった。

レーネはきっと、鈴音としての暮らしを望んでいる。

だからこそ、彼女にとって私と入れ替わるきっかけとなった出来事である、階段からの飛び降りをしたのだ。

一度目は突き落とされたのだから、その時の痛みや恐怖は相当なものだったはず。気弱だったらしいレーネにとっては尚更だろう。

それでもそんな行動をとるくらい、彼女にとってあちらの世界での暮らしは幸せだったのかもしれない。丁寧に整えられたあの部屋からは、それが感じられた。

「……そっか、そうだったんだ」

元のレーネの人格はどこに行ってしまったのだろうと、ずっと気になっていた。

私はこの世界で今、大切な人達に囲まれて幸せに暮らしている。長年ひとりぼっちで辛い想いをしていた彼女も幸せに暮らせていますようにと、願わずにはいられない。

「頼むから、もう心配かけないで」

「うん、ごめんね」

「全く信用できないんだけど」

「ど、努力します」

私のせいではないとは言え、事故に巻き込まれた挙句、自ら飛び降りるなんて、確かに心配をかけたどころではなかっただろう。

ついでに両親の反応を想像すると、お腹まで痛くなりそうだ。

「そもそも、爆発事故って何だったの？」

「調理室を使ってた生徒のミスで爆発が起きて、吹き飛んだドアがレーネに当たったって」

「な、なんという不運……あ、吉田は大丈夫だった⁉」

「うん。怪我人はレーネだけだから」

「よかった……」

ちょうど吹き飛んだドアが私にだけクリティカルヒットしたらしく、それ以外に被害はなかったらしい。完全に学園祭モードで浮かれている時にこんな目に遭うなんて、不運にも程がある。

もしかすると、爆発に巻き込まれたことが入れ替わりに影響しているのだろうか。

「全然よくないから。頭からの出血も止まらなくて、骨もあちこち折れてたんだよ」

「う、うわあ……」

相当酷い怪我だったようで、すぐに意識を失ってよかったと思えてしまう。私はとにかく痛みに弱いのだ。学園の保健医が国内有数の腕の良い治癒魔法使いだったことにも、心底感謝した。

それにしてもこの身体は、短期間で二度も大怪我を負ったことになる。怪我自体は治っていても身体の負担はあるようで、安静にするようきつく言われた。

「ヨシダくん、かなり気にしてるみたいだったな」

「えっ？　だって、吉田は何も悪くないのに……」

「そうだとしても気にするものじゃないかな。逆の立場でも、同じ気持ちになると思うし」

確かにそうだ。へっぽこ魔法使いの私ができることなんて何ひとつないにしても、きっと目の前で友人が血塗れ大事故に遭えば、気にするに決まっている。

何より優しい吉田ならば余計に、庇えなかったことを悔やんでしまうのだろう。私も被害者ではあるものの、申し訳なくなる。

登校したら一番に吉田に会いに行き、元気いっぱいだよと伝えようと決めて、はたと気付く。

「ねえ、そういえば今って何日の何時？」

慌てて日付を尋ねれば、学園祭前日の夕方だった。学園祭を気絶して参加し損ねたということは避けられたようで、ほっとする。

「はっ……わ、私の事故のせいで学園祭、中止とかないよね？」

「レーネがこんな状態だから学園側もどうしようかって話になったらしいけど、お前はそういうの望まないだろうし予定通り開催してほしい、って伝えてあるよ」

「ユ、ユリウス様……！」

なんて私のことを深く理解してくれている、素晴らしい兄なのだろうか。

感謝で涙が出そうだった。

「明日、行ってもいいでしょうか……？　この通り、お蔭様でもう元気いっぱいなので……」

「本当はダメって言いたいけど、レーネがどれだけ学園祭を楽しみにしてたか知ってるしな」

ユリウスは小さく溜め息を吐き、続ける。

「裏で座ってできる仕事のみにすること、基本的に俺の側にいること。いい？」

「もちろんです！　ありがとうございます！」

「約束だからね」

私の頭を優しく撫でるとユリウスはふっと口元を緩ませ、ようやく素の笑顔を見せてくれた。

しっかりと大人しくすること、みんなにもう絶対に心配をかけないことを固く誓う。

「でも一瞬だけ記憶が戻って性格が変わるなんてこと、あるんだね。驚いたよ」

「そ、そうみたいですね」

「……また同じことが起きるかもしれないと思うと、怖くなる」

ユリウスからすれば、多重人格みたいに思えているのかもしれない。私としても、いつまたこの入れ替わりが起きるかと思うと怖かった。

とは言え、命の危険があった場合に入れ替わる、というのが正解な気がする。それがどちらの身に起きた場合なのか、など分からないことは多いものの、多少の対策はできるだろう。

「私もよく分からないんだけど、とにかく危ない目に遭わなければ大丈夫な気がする」

「それなら絶対に俺がレーネを守るよ」

「お、おう」

「あはは、何その反応」

こんな近距離で漫画やゲームでしか聞いたことのないセリフを言われて、ときめかないなんて不可能だった。

ドキドキしてしまうのを必死に隠す私の隣で、ユリウスはどこか遠くへと視線を向ける。

「でも、今回の件で自分の中で結論が出た」

「結論？」

「うん。……失ってから気付くなんて言葉、愚かでしかないと思ってたけど、本当みたいだ」

こちらもよく分からないけれど、私を大切に思ってくれているということなのかもしれない。

「とにかく、レーネはまだ休んでいた方がいいよ。夕食も部屋に運ばせるから、二人で食べよう」

「うん、ありがとう！」

またもや飛び降りをしたなんて知った両親は、私のことをウェインライト家の恥だとでも思っていそうだ。顔を合わせなくて済むのなら、ありがたい。

夕食まであと二時間くらいあるようで、また後で来るとユリウスは言い、部屋を出て行った。

それからは身体を休めようと目を瞑《つぶ》り、羊を数えてみたものの、一向に眠れる気がしない。

「……うーん、眠れない」

そんな中ふと、飛び降りた私をジェニーが治療してくれたという話を思い出していた。

一度目はジェニーが私を突き落としたはずなのに、今回は魔法で治療してくれるなんて、どんな心境の変化があったのだろうか。

何にせよ、ジェニーに助けられたのは事実なのだ。

リハビリ程度に散歩をしつつお礼を言いに行こうと決め、ベッドから下りる。

「あら、お姉様。飛び降りが趣味なんですか？　見事な転げ落ち方でしたけど」

そうしてジェニーの部屋を訪れ、私の顔を見た瞬間の第一声がそれだった。

清々しいほどの嫌みで、なんだか安心すらする。

「今回はさておき、一度目は事故だからね」

「……ふうん、元に戻ったのね。つまらないこと」

どうやらレーネは意識を取り戻し、部屋を出て飛び降りるまでにジェニーに遭遇したらしい。

ジェニーはレーネが階段から飛び降りる様も、しっかり見ていたようだった。

「その、ちょっと取り乱しちゃって……私の怪我、ジェニーが魔法で治療してくれたんでしょ？　どうもありがとう」

とにかく感謝すべきだとお礼を伝えると、ジェニーは「気持ち悪いわね」と形の良い眉を寄せ、しっしっと追い払う手つきをする。

「お姉様のためじゃありませんよ。お兄様に頭を下げられて、断れるはずがないじゃない」

「……ユリウスが頭を下げたって、どういうこと？」

「お姉様が飛び降りて死にかけた後、お兄様に『医者が来るまでの間、治療をしてほしい』とお願いされたんです。それでも自ら飛び降りたわけですし、お姉様もそんなことは望まないのでは？

と言って最初は断ったんですけれど」

流石ジェニー、冷静で血も涙もない回答だ。

とは言え、自業自得と言えばそれきりだし間違ってはいない。

「頼むから助けてくれないか、とお兄様が頭を下げるものだから、仕方なく治療しただけです」

「そんな……」

「あんなにも取り乱しているお兄様、初めて見たわ。本当に人騒がせで腹立たしい人ね」

ジェニーは私をきつく睨むと、大きな音を立て追い出すようにドアを閉める。

私はしばらくその場に立ち尽くしていたものの、やがて自室へと戻りベッドへと倒れ込んだ。

「そんなこと、一言も言ってなかったのに」

私のためにジェニーに頭を下げたユリウスのことを思うと、胸の奥が痛くて、苦しくなる。

身体の奥底から込み上げてくるこの感情が何なのか、私には分からない。

「……ずるい」

ぎゅっとぬいぐるみを抱きしめ、無意識にそう呟く。

――ひとつだけ分かるのは、さっき別れたばかりのユリウスに会いたい、ということだけ。

それから眠りにつくまで、胸が締め付けられる感覚も速くなる鼓動も、収まることはなかった。

学園祭

学園祭当日。体調に問題のなかった私はばっちり身支度を整え、ユリウスと登校していた。

『ねえユリウス、色々とありがとう』

『何が？　俺は何もしてないのに』

ちなみに昨晩、夕食を食べながらそれとなくお礼を言ってみたものの、そんな返事が返ってくるだけだった。私もそれ以上は何も言わず、今後しっかりと恩返しすることを誓った。

本当にユリウスには助けられてばかりで、感謝してもしきれない。

朝食は両親やジェニーと一緒にとり、飛び降りたのは「頭を強く打ったことで、気が動転していたせい」と適当な説明で誤魔化しておいた。

三人からの冷ややかな視線は気にせずお腹いっぱいご飯を食べ、今に至る。

「それにしても、あまりにも元気で驚いたよ」

「私の数少ない取り柄だからね」

「レーネにはいいところ、たくさんあると思うけどな」

「あ、ありがとう！　ユリウスもいっぱいあるよ！」

「そうだといいけど」

気になることはたくさんあるものの、今気にしたところでどうにもならないし、何か分かるわけでもない。怪我だけは気を付けて、いつも通り元気に全力で学園祭を楽しむつもりでいる。

「吉田、おはよう！　いよいよ学園祭だね！」

そして少し早めに登校した私は、吉田がやってくるなり思い切り飛び付いた。

「おい、大丈夫なのか？」

いつもならすぐ引き剥がされるのに今日はむしろ支えるような手つきで、そんな仕草や声音からは心配してくれていたことが伝わってくる。

あまりはしゃぐと後ろにいるユリウスに怒られるため、大人しく離れると吉田に向き直った。

「一昨日は心配かけてごめんね。この通りもう、すっかり元気だから！」

「本当に問題ないのか？　頭から大量の血を流している姿を見た時、寿命が縮まるかと思ったぞ」

やはり心配するようなまなざしを向けてくる吉田に、申し訳なさは募っていく。

吉田は大きな溜め息を吐くと、メガネを押し上げた。

「お前は本当に目が離せないな」

「ごめんね吉田、一生側で見守ってて」

「うるさい、バカ」

ようやく小さく笑ってくれて、ほっとする。それからは一人で出歩くな、人の側から離れるなと幼児のような注意を受けているうちに他のメンバーも登校してきた。

私の事故についてみんな知っていたらしく、かなり心配されてしまった。

「事故を起こした生徒は死罪でいいと思うな」

「わ、わざとじゃないし私も無事だから！　ね？」

「だって、レーネちゃんに何かあったらと思うと……でも、本当に無事でいてくれて良かった」

特にラインハルトはかなり怒っていて、宥めるのに苦労をした。本気で闇討ちしそうな勢いだ。

それほど心配してくれたことはもちろん嬉しいし、今後はもっと気を付けると約束した。

なお、事故を起こした生徒の家は我が家より家格が下だったらしく、昨晩ご両親と共に土下座の勢いで謝罪に来てくれたため、気にしないでほしいと伝えてあった。


それからは男女に分かれ、着替えをした。

「ま、待って、格好良すぎて苦しい……休憩入ったら、絶対に指名するから！」

「ふふ、ありがとう」

テレーゼの男装姿があまりにもイケメンすぎて、本気で恋に落ちそうだった。超絶美人は何でも似合ってしまうのだと、思い知らされる。

テレーゼとは一緒に買い物に行った後、カフェで軽く接客練習をしたけれど、間違いなく同性ファンが爆発的に増えると確信した神対応だった。

そろそろ男性陣の着替えも終わっただろうと、仕切られたカーテンの向こうを覗いてみる。

「ユリウス、もう着替えは終わ──う、うわあ……！」

「うん。終わったよ」

するとそこにいたユリウスは白と金を基調とした華やかな正装を身に纏っていて、まさに絵本から飛び出した王子様のようだった。目が合うだけで、心臓が大きく跳ねる。

「…………」

異次元の格好良さに、ついじっと見惚れてしまう。神様に一体どれほど愛されたら、こんなにも美しく生まれてくることができるのだろうと本気で思った。

誕生日に正装姿を見たことがあったものの、不思議と前回よりもずっと胸は高鳴っている。

「どうしたの？　顔赤いけど」

「ト、トマトジュースを飲み過ぎただけです」

「へえ？」

ユリウスは微笑むと、私の片方の髪の毛の束を掬い取り、なんと毛先に唇を押し当てた。

一瞬にして顔に熱が集まっていくのを感じながら、私は慌てて後ろに飛び退く。

「が、学園でそういうのはよくないと思います！」

「ああ、ごめんね。二人きりの時の方がよかった？」

「どこでも駄目です」

「あはは、それは無理かな」

やけに楽しそうなユリウスの様子に、内心ほっとしてしまう。大切な人達にはずっとずっと笑顔でいてほしい。

もちろん、この距離感バグは問題だけれど。

他のみんなもしっかりと正装を着こなしており、それぞれ自身にどんなものが一番似合うのか、よく分かっているようだった。

「セ、セオドア様の王族感、すさまじいんだけど……」

「わかる。平伏したくなるよね」

特に王子の神々しさは別格で、私とユッテちゃんは遠目から眺めるだけで慄《おのの》いている。

身支度を終えた七人が並ぶとあまりにも眩しすぎて、もはや直視することすら困難だった。眼福というのは、この瞬間のためにある言葉だったのかもしれない。

「あら、いいじゃない。間違いなく優勝はもらったわね」

「そうですね！　私達も頑張りましょう」

「ええ。一体誰が一番になるのか楽しみだわ」

ミレーヌ様は口元に美しい指先を添え、薄く微笑む。

正直、店内では誰が一番になってもおかしくない戦いで、かなりの激戦になりそうだ。

「それじゃ、そろそろ開店……えっ？」

全ての準備が終わり、店の外を覗いた私は息を呑んだ。廊下には最後尾が見えないくらい、女子生徒による長蛇の列ができていたからだ。

みんな楽しそうにはしゃいでいて、相当楽しみにしてくれていることが窺えた。学園屈指のイケメンが集っているだけあり、既に口コミで広がっていそうだ。宣伝いらずでありがたい。

「ジェレミー先輩、よろしくお願いします！」

「うん、任せて」

私は入り口で待機していたイケメン先輩に声を掛け、裏へと戻った。やはり接客は男性スタッフがいいだろうと思い、先輩には裏方ではなく案内役や給仕をお願いしている。

学園祭前に無事カップルになったことで、ユッテちゃんと別の仕事でいいと言ってくれていた。

そして店は無事オープンし、私は椅子に座ったままドリンク類を用意し続けていた、けれど。

「えっ、こんなに……？　経済回りすぎてない？」

「なんか私、怖くなってきたよ……」

驚きのペースで高額注文が飛び出す上に、回転率が恐ろしく速い。満足度が高いからだろう。

もしかすると、みんなアイドルの握手会くらいのノリで来ているのかもしれない。私も推しと隣り合ってお茶を飲めと言われても緊張するだろうし、長時間拘束は申し訳なくなる気がした。

「今のところ、アーノルドとユリウスが優勢ね。ラインハルトくんもかなり強いわ」

売上の管理をしていたミレーヌ様が、定期的に色々と教えてくれる。

客単価が並外れて高いのは王子らしく、ヴィリーと吉田も安定感があるため、今後ひっくり返る可能性もかなりあるという。

やがて座りっぱなしも不健康だろうと、途中こっそり店内の様子を見に行ってみることにした。

「ユリウス様、素敵すぎて死ぬかと思った……」

「私、セオドア様を前にしたら何も喋れなくなってしまったわ。お互いに無言のまま十分が過ぎたけれど、お近くで見られただけで大満足だった！」

全員が幸せそうに退店していくものだから、こちらまで嬉しくなる。

なんというｗｉｎ－ｗｉｎ。

「レーネちゃん、少し休憩してきたら？　今ちょうどユリウス先輩のお客さん、奇跡的に途切れたみたいなんだ」

「ありがとう！　そうしようかな」

時計を見れば、あっという間に私のシフトは休憩時間を迎えていた。大繁盛していると言えど、練習の甲斐あって店はしっかり回っている。

そして約束通り、私は保護者としてユリウスの同伴が義務付けられていた。誰よりも忙しかった兄も奇跡的に手が空いたようで、二人で休憩に行くことにする。

「お疲れ様！　あれ、その格好のままいくの？」

「うん。着替えるの面倒だし、宣伝になるかなって」

「なるほど、確かに」

「時間も限られてるし、行こっか」

ユリウスは当たり前のように私の手を取り、店の外へ出ていく。流石に今日、人前で手を繋ぐのはよくないのではと慌てて止めようとしたものの、予想外の声が耳に届いた。

「美男美女の兄妹よね。仲が良くて可愛らしいこと」

「私もあんなお兄様が欲しかったわ」

私達は兄妹としてセットで受け入れられているのか、微笑ましげな視線を向けられている。

元々は全く関わりがなかったせいで、ユリウスの妹だと認識されていなかったのだ。けれど最近は学園内でもよく一緒にいるため、広まっているようだった。

「仲良し兄妹って感じで、大丈夫みたい。良かった」

「……そうだね」

何故か少しだけ不機嫌な様子のユリウスは、そのまま早足で廊下を歩いていく。

「どこに行きたい？　まずは何か食べようか」

「うん、実はお腹空いてたんだ。あ、そういえば吉田達の隣のクラスの子達のグループのカフェが気になるかも」

噂で聞いたところ、まさにメイドカフェや執事喫茶といったコンセプトのお店らしかった。

普段からメイドや執事に囲まれている貴族が楽しめるのかと思ったものの、美形が多いグループのため、店員目当てのお客さんを狙ってのものだろう。

言うなれば、うちとライバル的存在の店だ。メニューもしっかりカフェで、パンケーキなどもあるらしい。偵察と昼食を兼ねて、早速行ってみることにした。

「かわいい！　やっぱりメイドカフェもアリだったな」

「レーネには絶対やらせないけどね」

少し並んだ末に入店し、お茶や食べ物を注文した。店員の女子生徒達が着ているのは実際のメイド服よりもドレス寄りで、とても可愛い。

男子生徒の執事姿や華やかな店内の内装もかなり本格的で、メニューも豊富な上に食事もしっかり美味しい。そのせいか常に満席で、かなり手強そうだ。

「くっ……負けていられないね」

「絶対に大丈夫だから、心配いらないよ。ねえ、あーんして」

「なんて?」

ユリウスが軽く口を開け、そう言ったことで側を通りがかったメイドがお茶をひっくり返す。今までも女性店員の視線は常にユリウスへ向けられていて、明らかに仕事の効率を下げている。

このままでは意図せずライバル店の営業妨害になってしまうと、ユリウスは無視して急いでケーキセットを食べ終え、退店しようとした時だった。

「あら、レーネじゃない」

背中越しに声を掛けられ、振り返る。そこにいたのはなんと、吉田姉だった。

「あっ、アレクシアさん！　こんにちは！」

夏休みぶりの吉田姉は相変わらず色気溢れる美しさで、周りの視線をかっさらっている。

私はというと吉田姉が来るということも、すっかり頭から抜け落ちていた。どうやら吉田姉もこのカフェで食事をし、帰るところだったらしい。

「こんにちは、アレクシア先輩」

「ひっ、ユリウス・ウェインライト……！　な、なんだか今日はやけにギラギラしているわね」

ユリウスの姿を見るなり吉田姉は眉を顰めたものの、やがて私へと視線を向けた。

「とりあえず休憩しようと適当に入ったんだけれど、なんだかはしたないお店ね。それで、マックスがやっている模擬店はどのあたりにあるのかしら？」

この流れでお宅の弟さんにはホストをやってもらっています、なんて言えるはずがない。

「ええと……ど、どこだったかな……？」

「まあ、普段から記憶喪失になることがあるのね。日常生活も大変でしょうに」

「いえ、そういうわけでは……」

超解釈をしてくれた吉田姉は、本気で心配したように私を見つめている。

けれどすぐにハッとした表情を浮かべると、何故か私を睨みつけた。

「秋休みにマックスと外泊して、ど、同衾《どうきん》したらしいじゃない！　どういうことなの⁉」

「ええっ」

「交際もしていないのに……いえ、たとえ交際していても許されることではありませんよ！」

確かにベッドは三つ並びだったし、私とヴィリーの寝相が悪すぎて、吉田を押し潰しながら眠ってしまっていた。

とは言え、とてつもない誤解が生じてしまっている気がしてならない。すぐに違うんですと否定しても、アレクシアさんは聞く耳を持ってはくれない。

「誤解です！　それにもう一人いて、吉田くんはサンドイッチ的な感じになっていただけでして」

「なっ……ふ、二人がかりでマックスをハムのように骨抜きにしたって言うの……⁉」

「何を言っているんですか？」

今日もしっかり癖が強く、後ろではユリウスが笑いを堪えている。

今回は吉田姉のペースに呑まれまいと必死に抵抗していたところ、可愛らしい声が耳に届いた。

「あれえ？　アレクシア、おともだち？」

吉田姉の後ろからひょっこりと顔を出したのは、小柄で妖精みたいに可愛らしい女性だった。

吉田姉や吉田と同じ色のふわふわとした髪を靡かせ、大きな金色の猫目でじっと私を見ている。

もしかしなくてもこの人は、まさか。

「会うのは初めてだったわね、こちらはマックスの友人のレーネよ。私を倒したので認めました」

「そうなんだあ。わたし、ローズマリー・スタイナーです。よろしくねえ」

吉田家長女だというローズマリーさんは、ふわりと微笑み私の手をぎゅっと握りしめた。あまりの愛らしさに胸がときめく。容姿も雰囲気も、全く二人には似ていない。

「マクシミリアンにこんなかわいい女の子のおともだちがいたなんて、知らなかったな。ふふっ」

妖艶美女のアレクシアさんとは真逆の、ゆるふわ美少女という感じで、長女というよりは愛され末っ子という雰囲気だった。

『アレクシアとは真逆のタイプで、まともに会話ができるような相手ではない。セオドア様を溺愛していて、お前が親しいと知られれば間違いなくトラブルになる』

ふと吉田の言葉を思い出したけれど、会話ができないなんてことはないし、とても優しそうだ。

そしてとにかく可愛い。

その後、ローズマリーさんのお蔭でアレクシアさんの誤解を解くことができ、事なきを得た。

「今度はわたしとも一緒にあそびましょ？」

「はい、ぜひ！　ちなみにこの廊下をまっすぐ行けば、模擬店があるような気がします」

「ありがとお」

ここ連日トラブルまみれだった私は一応、それとなく道順を伝えるだけで直接案内はせず、教室には近づかないでおいた。

「いやー、ヨシダくんの家族って本当に濃いよね」

「そうだね」

ユリウスと二人の背中を眺めながら、息を吐く。

――また長期休みにでも吉田邸にお邪魔したいなんて呑気に考えていた私は、いずれローズマリーさんと大修羅場を迎えることになるなんて、まだ知る由もない。


それからもユリウスと二人で色々な模擬店を回り、みんなへの差し入れを買ったり、アレクシアさん達が帰った後はテレーゼを指名しに自分達の店に行ったりもした。

そして今は謎の雑貨が並ぶ店へとやってきている。

「このお店、面白いね。見て！　吉田のメガネを五倍くらい大きくしたようなメガネとかあるよ」

「あはは、何に使うんだろう」

用途が全く分からない玩具や、可愛らしいぬいぐるみ、いくらするんだと突っ込みたくなる大きな宝石のついたアクセサリーまで、様々なものが並んでいる。

眺めているだけで楽しくて、ユリウスとお喋りしながらゆっくりと見ていく。

「何か欲しいものはあった？　俺が買うよ」

「いいの？」

「もちろん。こういうのも思い出だしね」

「ありがとう！　うーん、何がいいだろう」

せっかくだし値が張らないものを買ってもらおうと考えていた私は、とある一点で目を留めた。

「わあ、かわいい！　これがいいな」

そこにあったのは、付け耳カチューシャだった。ピンク色のうさ耳と、水色の猫耳がある。

実は私は昔からずっと、こういうアイテムに憧れていた。テーマパークでの被り物や、お祭りの光るカチューシャなど、一人では買う機会もつける勇気もなかったのだ。

どちらにするか悩み二つとも手に取れば、ユリウスは少し困惑した顔をした。

「もしかしてそれ、俺の分？」

「うん！　お揃いにしたら楽しいかも、なーんて」

もちろんそんなつもりはなく、ユリウスが着けるとも思っていない。

だからこそ、冗談めかしてそう言ったのだ。

「……いいよ、わかった」

「えっ？」

「これ、両方ちょうだい」

「お買い上げ、ありがとうございます！」

「ちょっ……ええっ？」

けれどユリウスは両方購入すると、ピンク色のうさ耳の方を私に手渡してくれた。まさか本気でユリウスも身に着けてくれるつもりなのだろうかと、変な汗が出てくる。

ひとまず私がうさ耳を着けてみると、ユリウスは口元を片手で覆い「え、かわいい」と驚いたように褒めてくれて、気恥ずかしくなる。

「レーネ、本当にかわいい。こっち向いて」

「……ど、どうも」

「こんなうさぎがいたら、檻に閉じ込めちゃうのにな」

「怖いよ」

こういうアイテムひとつで、さらにお祭り気分になり浮かれてしまう。ユリウスが何度も褒めてくれたのも、やっぱり嬉しかった。

「…………」

一方のユリウスは猫耳を手に持ったまま、なかなか身に着けようとはしない。

やはり無理に私に合わせてくれただけで、抵抗がありそうだ。そもそも猫耳を着けるようなキャラではないことだって、分かっていたのに。

「あの、あまり無理は――」

「こんな感じ?」

そっと猫耳をつけたユリウスの破壊力に、私は思わず数歩よろよろと後ずさってしまう。

近くにいた店員の女子生徒が膝から崩れ落ち、視界から消えた。気持ちは痛いほどに分かる。

「か、かわいい!　ユリウス、すっごくかわいいよ!」

「レーネにかわいいって言われるの、新鮮だな」

悪くないかも、なんて笑うユリウスは本当にどんなものでも似合ってしまう。あまりのギャップ萌えに胸が苦しくなり、私は俯いて何度か深呼吸を繰り返すと、再びユリウスを見上げた。

「でも、まさか一緒に着けてくれるとは思ってなかったから、結構びっくりしてる」

「……まあ、正直ものすごく恥ずかしいよ」

ヴィリーやアーノルドさんならきっと着けてくれるだろうけど、てっきりユリウスは「子供じゃないんだから」くらい言って嫌がると思っていたのだ。

「でも、俺も着けた方が喜ぶかなと思って」

「……私が?」

「他に誰がいるわけ?　ほら、そろそろ戻ろっか」

困ったように微笑んだユリウスは、再び私の手を引いて歩き出す。その横顔は少しだけ赤くて、やはり私のために無理をしてくれていることが窺えた。

初めて会った時の私達が今の姿を見たら、倒れてしまうに違いない。そんなことを考えるとつい笑みが溢れ、胸の奥がくすぐったくて温かくなる。

「きゃあああ！　ユリウス様が、ね、猫耳を……！」

「わ、わたくしもう、死んでもいいわ……」

そのまま手を繋がれて廊下に出ると、女子生徒達が悲鳴を上げ、視線が集まっていく。

「お似合いでかわいいカップルね」

一方、一般客からは恋人同士に見えるらしく、そんな声も聞こえてくる。私は聞こえないふりをしたけれど、ユリウスの口角が上がったのが見えて、また落ち着かなくなった。

こんなにも優しいユリウスはきっとすごく良い恋人になるんだろうな、なんて考えてしまい、慌ててぶんぶんと首を左右に振る。

少しだけ遠回りをしながら戻り、私達の模擬店が見えてきた。

「ユリウス、色々とありがとう！　すっごく楽しかった」

「そっか。嬉しいな」

正直な気持ちを伝えれば、ユリウスも嬉しそうに笑うものだから、やはり心臓が大きく跳ねる。

「ひえっ……」

そんな中、模擬店の前には先程よりも長い列ができていて、我ながら恐ろしくなった。

列に並ぶ女子生徒達はユリウスを見るなり黄色い悲鳴を上げ、廊下はちょっとしたパニック状態になる。慌てて中へと入ると、アーノルドさんに出会した。

「あれ、ユリウス。随分かわいい格好してるね」

「お前は見なくていいよ」

「レーネちゃんも、とってもかわいいウサギさんだね。食べたくなっちゃうな」

「アーノルド、本当いい加減にしてね」

恐ろしいことをさらりと言うアーノルドさんにユリウスは冷めきった目を向け、ぐいぐいと顔を押し退ける。アーノルドさんはというと、何故か嬉しそうだった。

「じゃ、今度は俺が休憩に行ってくるね」

「はい！　行ってらっしゃい」

そうして猫耳を取ったユリウスと別れ、私も午後から頑張ろうと気合を入れた。

◇◇◇

「レーネ、どうしましょう。大変だわ」

あと一時間ほどで一日目の営業が終了という頃。

裏でのんびりゴミの仕分けをしていると、突然ミレーヌ様が慌てた様子でやってきた。明らかに緊急事態といった様子で、どきどきしてしまう。

「ど、どうかしたんですか？」

私の前で足を止めたミレーヌ様は、ふうと溜め息を吐いた。

「なくなったのよ。全て」

「えっ？」

「お茶葉からお菓子まで、全部売り切れたの」

「えっ、本当ですか？」

絶対にこんな量は捌《さば》けないはず、余ったら分けて持って帰ろうワハハと話しながら大量に用意していたのだ。一日も持たずなくなるなんて、信じられなかった。

「今ジェレミーがお客さん達に謝って、帰してくれているわ」

「出すものがないんだから、そうなりますよね。私も今から手伝ってきます！」

「ええ。お客さん側も水でもいいからお金を払う、って言ってくれてはいたのだけれど……」

「さ、流石にそこまでぼったくりはしたくないですね」

水にまで高額を払おうとするなんて、恐ろしすぎる。とは言え、それほど熱意のあるお客さんが多いとなると、あっという間に売り切れてしまうのも納得だった。

「明日はどうする？　ちなみに今の売り上げはこれね」

「ええと、いちじゅうひゃく……ええっ」

ミレーヌ様に見せてもらった数字を見た私は、驚きで椅子ごとひっくり返りそうになる。

けれど、あれだけの量が売れたとなれば当然の結果だった。

「これはもう十分かと……ひとまず皆に頑張ってくれたお礼を伝えて、意見を募りましょう」

ただの茶葉やお菓子ならば用意できないこともないけれど、ミレーヌ様が用意してくださった珍しく美味しく高級な茶葉だからこそ、強気な価格でいけていたのだ。

練習や準備期間を考えると一日で終わってしまうのはもったいない気がするものの、もう店じまいをして遊ぶのに専念するのもいいかもしれない。

「一日で完売とかすげーな！　普通に接客も楽しかったけど、思い切り遊ぶのもアリだな」

「俺も楽しかったなあ、負けちゃったのに」

「……僕も悔しいけど、こればかりは仕方ないや」

みんなに明日はどうするか尋ねたところ、明日は「全員で全力で遊ぶ」ということで決まった。

今日一日、熾烈《しれつ》な一位争いの中それぞれ全力を出し切り、楽しめたようだ。

「テレーゼも大人気だったね、お疲れ様」

「ありがとう。知り合いが増えて楽しかったわ」

「良かった！　明日もたくさん楽しもうね」

カフェも楽しかったけれど、全員で一日遊ぶというのも楽しみで、ワクワクしてくる。

「ま、これなら優勝も確定だろうしね」

「ユリウス、本当にすごかったね！　ありがとう」

「どういたしまして」

口角を上げたユリウスは、宣言通り売り上げ一位を取っていた。それも大差をつけて。

最後はミレーヌ様とは別の公女様がやってきて「ユリウスには日頃お世話になっているから」と言い、残りの在庫を全て注文したんだとか。兄の交友関係、謎すぎる。

アーノルドさんやラインハルトは本気で悔しかったらしく、来年リベンジしたいと言っている。

けれど、ユリウスは首を左右に振った。

「俺、来年は出ないよ」

「どうして？」

「レーネが嫌がるから」

「……私が？　どうして？」

今年の私は良くて来年の私は嫌がる理由がさっぱり分からないまま、学園祭初日は幕を閉じた。

◇◇◇

そして学園祭二日目、午前中は三グループに分かれて模擬店を回ることとなった。二年生、ユッテちゃんとイケメン先輩、そして残りの一年生だ。

元々はユリウスの付き添いが学園祭の参加条件だったものの、保護者代わりの吉田やテレーゼがいること、午後や後夜祭は一緒ということで、渋々了解してくれたようだった。

「ラインハルト、もう一回勝負しようぜ！」

「いいよ。また僕が勝つだけだと思うけど」

「くっ……お前らも負けっぱなしで悔しいよな？」

「いや、別に俺は全く悔しくないが」

「…………」

「セオドアも悔しいってよ。ほら、もう一回やるぞ！」

あちこち見て回って、様々な味のお菓子を交換しながら食べたり、ゲームをしたり。こうして一年生メンバーだけで過ごすのは宿泊研修以来だけれど、相変わらずみんな仲が良い。

そうしてパンフレット片手に歩いていると、ふと気になる模擬店を見つけてしまった。

「ねえ、幽霊屋敷だって！　みんなで行こうよ」

「面白そうね、行ってみましょうか」

テレーゼは幽霊について、全く信じていないらしい。私も元々、怖い話なんかは得意な方だ。

やがて到着すると店内からは女子生徒の甲高い悲鳴が聞こえてきて、ワクワクしてしまう。

「楽しみですね、どんな感じなんだろう」

「…………」

「セオドア様は幽霊とか信じないタイプですか？」

「…………」

「なるほど、確かに生きている人間の方が恐ろしいですよね」

王子も王族である以上、私には想像もつかないような苦労をされているのかもしれない。そして私もまた、過去の理不尽な体験からそれを学んでいた。

五分ほど待った後、私達は揃って幽霊屋敷の中へと入った、けれど。

「よ、吉田！　どこ！　吉田！　吉田……」

「うるさい、お前が今掴んでいるのが俺のネクタイだ」

そう、私はついさっきまで余裕だという顔をしていたのに、今やしっかりびびっていた。

「三秒に一回なんか喋って、怖い待ってほんと怖い」

「…………」

「吉田、聞いてる？　吉田ってば」

「…………」

「あれ、私の声って聞こえてる？　私、もしかして死んだ？」

「お前が俺の首を、ゲホッ、絞めているんだが」

「あっごめん、すごいごめん」

やはり内装は業者に頼んでいるようで、本物の古い洋館の中を歩いているみたいだ。暗く不気味な店内には、常におどろおどろしい音楽や悲鳴が響いている。

「ぎゃああああ！　ああああ！　うあああ！」

「わはは、可愛さの欠片もない悲鳴でいいな」

私が得意なのはジャパニーズホラーだったらしく、西洋系のホラーは苦手だと今初めて知った。

その上、魔法を使って幽霊の人形を操っており、まるで生きているかのように動くのだ。明るい場所でも驚くレベルで脅かされるため、もう限界が近かった。

「まあ、とてもよくできているわね。この死体」

「…………」

「うお！　やべ、びっくりしてちょっと壊しちまった」

前方からは、いつもと変わらない様子のテレーゼ達の声が聞こえてくる。

「レーネちゃん、大丈夫？　目を瞑っていていいよ、僕が手を引いて出口まで歩くから」

「うう……ありが――うぎゃああ！　今足に何か当たっ……いやあああ！」

私は目を瞑り、よたよたとラインハルトに手を引かれたまま歩いていく。もう二度とこの世界で幽霊絡みのものには近付かないと、固く決意した。

「ラ、ラインハルト、本当にありがとう……ひっ」

「ううん、レーネちゃんに頼られるのは嬉しいから。僕は助けられてばかりだし」

「そんなことないよ！　私こそいつも助けられてるし、本当にありが――ぎいやああ！」

良い感じの友情シーンもヒヤリと何かが首筋に当たったことで、ぶち壊しになる。

私は今、間違いなく人生最大のドキドキを感じていた。

「こ、怖かった……」

「お前の悲鳴の方がよっぽど恐ろしかったぞ」

ラインハルトに介助されつつ、なんとか無事に脱出した後は、お昼時ということで昼食をとりに向かった。ＨＰがゼロの私と実はグロ耐性がないらしい吉田は、全く食べられなかったけれど。

午後からはユリウス達と合流して楽しく過ごし、あっという間に空は茜色に染まっていた。

「演劇、素敵でしたね！　最後は泣きそうになっちゃった」

「来年は演劇もいいわね」

「確かに楽しそうだったね。俺もやってみたいな」

「いやお前、教科書の音読すら棒読みじゃん。無理だよ」

このメンバーで来年も一緒に過ごすのを当たり前のように話していて、嬉しくなる。

そうしてあと少しで自由時間が終わるという頃、私はぴたりと足を止めて全員に向き直った。

「あの、皆さんにひとつだけお願いがあるんですが――……」

夜空に咲いた恋心

全ての自由時間が終わり、後夜祭の時刻となった。

表彰式を終えた私は、ユリウスと共に東棟の最上階にある空き教室へとやってきていた。

「わあ、もうすっかり夜だね」

バルコニーに並んで立ち、すっかり藍色に染まった空を二人で見上げる。

こんな時間まで学園にいることは滅多にないから、なんだか新鮮だ。

「それにしても、余裕の優勝だったね。おめでとう」

「ありがとう！　予想はしていたけど、びっくりしちゃった」

たった一日の営業にもかかわらず、私達の模擬店は見事優勝を果たした。

過去に類を見ない売り上げだったらしく、集計する際には騒然となったらしい。その上、お客さんへのアンケートでの満足度も一番だったとか。

元々はランク試験の加点を狙った参加だったけれど、今となってはそれがどうでも良くなるくらい楽しかったし、私だけでなく全員が優勝を喜んでいて本当によかった。

「それにあの絵、すごく良い出来だったな」

「でしょ？　前からお願いしたいと思ってたんだ」

——後夜祭の前に私はみんなにお願いをして、全員が集合した絵を描いてもらった。この世界には写真がないため、学祭期間は美術部が有料で絵を描いてくれるという企画をやっていたのだ。

私は前々から廊下に飾られている絵が素敵で気になっていた子を指名し、描いてもらった。

そうして全員が笑顔の素晴らしい絵が完成し、最高の思い出になった。

「帰ったらすぐ額に入れて部屋に飾らなきゃ。ユリウスの分も」

「うん、ありがとう」

絵の複製は魔法でできるため、全員が頼んで持ち帰っていて、また嬉しくなった。

きっとこの絵を見るたび、私は幸せな気持ちになるのだろう。

「学園祭、楽しかったなあ。すっごく楽しかった」

「……うん。俺も楽しかった」

準備から今まで、ずっとずっと楽しかった。最初から最後まで笑ってばかりで、私は周りの人達に恵まれていると改めて実感したイベントだったように思う。

「なんというか、学生気分を味わえたなって」

「変なの、学生なのに」

小さく笑ったユリウスはやがて、空を見上げた。

「ここ、花火がよく見えるんだ。去年、女の子達から逃げてきた時に偶然知ったんだよね」

去年は女子生徒からの誘いが絶えず、姿を隠していた時にこの場所を見つけたらしい。

「一年後はレーネと花火を見てるよって言っても、去年の俺は絶対に信じないだろうな」

「半年前の私ですら信じないと思うもん」

「あはは、そうだね」

レーネとして目覚めたばかりの頃は、ユリウスが何を考えているのか分からなくて、性格や意地の悪い人間だと思っていたのだ。

「ユリウス、変わったよね」

「そうだね。自分でもそう思う」

他愛のない話をしているうちに、不意に大きな音がして視線を上げる。

後夜祭のラストである花火が始まったらしい。

「わあ、綺麗……！　本当にここ、よく見えるね！」

空には大輪の花火が次々と打ち上がり、その美しさに感嘆の溜め息が漏れる。思い返せば、こうして花火を見るのも子供の頃以来かもしれない。

それからはお互い無言のまま、花火を見つめ続けた。

たった一瞬の儚い美しさに、目を奪われてしまう。

「……え」

そんな中、右手が温かい手のひらに包まれ、私は隣に立つユリウスへと視線を移す。

すると美しい二つの碧眼と目が合って、私は思わず息を呑んだ。

その表情はいつになく真剣なもので、私はふとユッテちゃんの言葉を思い出していた。

『知らないの⁉　後夜祭の花火を手を繋ぎながら一緒に見ると、結ばれるって話！』

あんなジンクスを信じるなんてユリウスらしくない、といつものように笑おうと思っても、何故か言葉が出てこない。

戸惑う私の手を握ったままユリウスは再び夜空を見上げ、口を開いた。

「俺さ、レーネといると楽しいんだ」

その整いすぎた横顔を見つめながら、黙って次の言葉を待つ。

不思議と心臓が、少しずつ早鐘を打っていく。

「……俺はずっと何かを楽しむことで、復讐への気持ちが薄れてしまう気がして、裏切りになると思ってた」

私はユリウスが抱える事情や「復讐」について何も知らない。けれどきっと、そんな風に考えて生きていくのはとても苦しくて悲しくて、辛いことに違いなかった。

「でも、何でも全力で楽しもうとするレーネといると、そんな考えが馬鹿らしくなったよ」

「…………」

「眩しいレーネのお蔭で、俺の世界まで明るくなる」

初めてそんなユリウスの心のうちを知り、胸が締め付けられる。

私がユリウスの世界を少しでも良い方向に変えられたなら、それ以上に嬉しいことはなかった。

上手く言葉にできない気持ちを込めて大きな手を握り返せば、ユリウスの瞳が揺れた気がした。

「レーネの記憶が戻って拒絶された時、目の前が真っ暗になったよ。あんな状況になって、自分の気持ちがようやく分かった気がした」

熱を帯びた眼差しを向けられ、心臓が大きく跳ねる。

繋いでいない方の手が、そっと私の頬に触れた。まるで宝物に触れるような優しい手つきに、少しだけ泣きたくなる。


「好きだよ」


少しの沈黙の後、耳に届いたのは今まで聞いたことがないくらい、ひどく優しくて甘くて、切なげな声だった。

鈍感と言われる私でも、今の「好き」が家族愛でも友愛でもないということは分かってしまう。

頭の中が真っ白になり息をするのも忘れ、色とりどりの光に染まる瞳から目を逸らせなくなる。

「うん、言葉にするとしっくりきた。すごく好きだ」

「………っ」

胸の中に様々な感情が溢れ、ぐちゃぐちゃになる。

何か言わなければと思っても、ひとつも言葉が出てこない。

『私は本当に、お兄様のことが好きなんです……！』

『悪いけど、俺はそういうのよく分からないんだよね』

私はずっと、ユリウスは恋愛感情というものが分からず、嫌悪しているとさえ思っていたのだ。

けれど、まっすぐに好きだと告げられた瞬間、私がきっと一番に感じたのは「嬉しい」だった。


「好きだよ、レーネ」

夜空できらきらと輝き、降り注ぐ火の粉を被ったみたいに全身が熱い。

花火の音が、どこか遠くに聞こえる。

私の知っている「兄」はもう、どこにもいなかった。

書き下ろし番外編

身体は子供、頭脳は半分だけ大人

「本当に悪かったって、許してくれ」

「うわあああん！」

「ああ、もう、どうしたらいいんだ……よちよーち」

「ぎゃあああん！」

放課後の教室には不釣り合いな、子供の泣き叫ぶ声が響き渡る。

「レーネって何が好きだったっけ？　うーん、子供の頃と今は違うのか？」

そう、なんと泣いているのは私だ。

私は大罪人であるヴィリー・マクラウドのせいで、三歳ほどの姿になってしまっていた。

「テレーゼからもなんか言ってくれよ」

「ヴィリーしか悪くないもの。よしよし、可哀想にね」

温かくて良い香りのするテレーゼに優しく抱きしめられ、心が落ち着いていくのを感じる。

――一体、どうしてこんなことになってしまったのか。

それは今日の六時限目、魔法薬学の授業中に遡る。


『うわ、なんかすげー色の液体ができたぞ！　見てくれよ、虹色だぜ！』

『ちょっと！　ちゃんとやってって言ってるでしょ！』

いつものようにヴィリーが手順と配合する量を雑にしたせいで、本来なら綺麗な透明になるはずの液体は、何故か鮮やかなレインボーになっていた。

『絶対やばいからそんなの早く捨てて、あっち行って！』

『へいへいっと……あ』

『ふわあ……は？』

間違いなく失敗した液体をシンクに流そうとしたヴィリーの背中に、はしゃいでいたクラスメートの男子達が思い切りぶつかる。

そしてヴィリーが手にしていたフラスコは美しい放物線を描いて宙を舞い、やがて不気味な中身は見事に私の頭上に降り注いだ。

『ゲホッ、ゴホッ……ちょっ、口に入っ……』

『うわっやば、すまねえ！』

ちょうど欠伸をしていたせいで、思い切り液体が口の中にも入ってしまう。この世の終わりのような味が口内に広がり、目眩がしてくる。

『ま、待って、やばいかも……』

『おい、大丈夫か！』

『レーネ？　大丈夫？　早く先生を呼んで！』

ヴィリーとテレーゼの焦った声を最後に、私は気を失った。

それから三十分ほどが経ち、目を覚ました私は幼女の姿となっていたのだ。訳が分からない。

先生もこんなパターンは初めてだと、首を傾げている。天文学的な確率の奇跡が起き、幼女となる薬が完成してしまったようだった。そんな馬鹿な話があるだろうか。

そして、気付いてしまう。このクソゲー世界では、余裕でありうるということに。

ヴィリーは攻略対象の一人でもあるし、ふざけた手抜きイベントの可能性が出てきた。

「良かったわ。泣き止んだみたい」

「はー、安心したわ。寿命縮まった」

「こっちのしぇりふなんだけど」

「お前、中身は子供なの？　普通なの？」

「ど、どっちも……」

そう、今の私は身体は幼女、精神はこれまで通りの自分と幼女の両方を兼ね備えた、恐ろしく半端な状態になっていた。

平常時はいつも通りの自分でいられるものの、喜怒哀楽の感情が強くなると、子供の精神に引っ張られてしまうのか、意志と反して泣いたりしてしまう。

「はあ……」

普通こういう時は心身ともに幼児化したり、もしくは身体だけが子供で精神は大人のまま、というのが鉄板のはず。一体どうして、こんなにも中途半端で地獄すぎることになっているのだろう。

元の精神がしっかり残っているせいで、とんだ羞恥プレイだ。勘弁してほしい。

「今日の放課後は、みんなでカードゲーム大会をする予定だったのにね。レーネ、張り切って企画してくれていたから残念だわ」

テレーゼの言う通り、今日の放課後は私とテレーゼとヴィリー、吉田と王子、そしてラインハルトといういつものメンバーで、カードゲーム大会を開催することになっていたのだ。

主催者である私は今日のために張り切って準備をしていたというのに、カードゲームどころではなくなってしまった。

「うう……」

再び悲しくなってきて再び泣き出しそうになり、必死に楽しいことを思い浮かべようとする。

とにかく、さっさと家に帰りたい。こういうのは大体、時間が経てば元に戻るのだ。

先ほどヴィリーがユリウスの教室へ行ったところ、用事があってどこかへ行っているらしく、教室に戻り次第、迎えにきてもらうよう言付けてきたそうだ。

テレーゼが我が家まで送ってくれると言ってくれたものの、この状態であの家族の待つ家に一人で戻るのは恐ろしい。ジェニーなら幼女の姿でも、容赦なく攻撃してきそうだ。

「ねえ、びぃー」

「ははっ、言えてねえ。かわいいな」

「くっ……」

幼女、恐ろしいほど舌が回らない。

これまで私は大人が子供に変身し、舌足らずになる漫画なんかを読むたび「いやいや、流石に中身が大人ならそんな喋り方にはならないでしょ（笑）」と鼻で笑っていた。

けれど実際には本当にこうなってしまうのだと身をもって思い知り、深く反省した。

「すまない、遅くなった」

「…………」

そうしているうちに、大会中止のお知らせをまだしていなかったせいで、吉田と王子がカードゲーム大会会場だった我がクラスへとやってくる。

そしてテレーゼに抱かれた私を見た途端、吉田は「は？」と間の抜けた声を出した。

「よちら！　わたちだよ！」

「…………」

「よちらってば！」

「すまない、俺は疲れているのかもしれない」

必死に呼びかけたものの、この姿の私をタチの悪い幻覚だと思ったのか吉田は溜め息を吐き、目元を手で覆った。正直、私もそうであってほしい。

「…………」

一方の王子は、じっと私を見つめている。

「せおどあたま？」

「…………」

そして王子は静かに私へ手を伸ばすと、そっと胴体を掴み、持ち上げた。

そのまま高い高いをするように、掲げてくれる。

「…………」

王子、まさかの子供好きなのかもしれない。いつも真横に引き結ばれている唇は、ほんの少しだけ弧を描いている。子供の繊細な心臓に負担がかかるので、正直勘弁してほしい。

「それで、この状況は何なんだ」

「実は魔法薬学の授業中に――……」

ようやく現実だと悟ったらしい吉田に、テレーゼが説明してくれる。

「きゃっ、きゃっ！」

「………」

その間、私は王子によって高い高いされ続けていた。やはり子供らしく楽しんでしまい、喜びが大きくなり、はしゃいだ声が出てしまう。恥ずかしい。

「とにかく状況は分かった。どうしてお前はいつも、奇想天外なトラブルに巻き込まれるんだ」

「こっちがききたいよ……」

王子の腕から下ろされ、テレーゼが再び抱っこしてくれる。

「ま、俺のせいなんだけどさ。ほんとごめんな」

「いいよ。わざとじゃないち……」

「仕方ない、迎えが来るまではここにいてやろう」

「よちら……」

「よちらではない」

相変わらずツンデレな吉田、好きだ。

「おい、鼻が出ているぞ。……ったく、仕方ないな」

先ほど大泣きしたせいか、吉田はハンカチを取り出すと鼻を拭ってくれる。

ぶっきらぼうな態度や言葉とは裏腹に、手つきは驚くほど優しく、胸を打たれた。

「よちら……わたち、らいせはよちらのこどもにうまれるようにいのるよ……」

「新手の呪いか？　頼むからやめてくれ」

そんなやりとりをしているうちに、不意にドアが開く。

「遅くなってごめんね、委員会が長引いちゃって」

そこには、元々少し遅れてくる予定だったラインハルトの姿があった。

「あれ？　レーネちゃん、は……」

やがて彼の視線は私で止まり、石像のようにぴしりと固まる。

「もしかして、レーネちゃん……？」

「うん」

「……っ」

すぐに頷くとラインハルトは片手で口元を覆い、その場に崩れ落ちた。

その整いすぎた顔は、赤く染まっている。

「かわいすぎる……こんなにかわいいと、今すぐに攫って閉じ込めたくなる」

そしてとんでもなく物騒なことを言うと、ふらふらとこちらへ近寄ってきた。

「かわいい、かわいい、かわいい……」

私の頬に触れ、うっとりとした表情を浮かべるラインハルトは、明らかに様子がおかしい。

私を抱いていたテレーゼも少しの危険を感じたのか、私の身体に回す腕に力を込めた。

「……だめだ。僕、これ以上は正気でいられるか分かりません。吉田さん、僕がレーネちゃんを誘拐しそうになったら、なんとか止めてください」

「こわいよ」

犯罪予告をするラインハルトに、吉田は再び鼻水を垂らす私を指差し「落ち着け、よく見てみろ。本当にこれが犯罪を犯すほどのかわいさか？」と大変失礼で冷静なツッコミを入れている。

「リドル様、すみません。少しいいですか？」

「わかったわ。……レーネ、ごめんなさい。良い子に待っていてね」

「うん！」

そんな中、テレーゼが呼ばれてしまった。彼女は私を誰に渡そうか悩んだらしく、この場にいるメンバーを見回した末、吉田に私を差し出す。

「何で俺が……」

やがて吉田に抱かれた私は、とてつもない安心感に包まれていた。テレーゼに抱っこしてもらった時も、もちろんほっとしたし、心地よかった。

けれど吉田の場合、桁違いに安堵するのだ。まるで母の腕に抱かれているような気さえする。

「なんか、ねむい」

「寝ればいいだろう」

泣き疲れたせいか眠くなってきて、うとうとし始める。

けれど同時に、落ち着かない気持ちや不快感が込み上げてきて、もやもやが胸に広がっていく。

「うう……」

眠たくなると子供はくずるというけれど、まさにその現象なのかもしれない。

そんな私の様子を見て、みんなは明らかに動揺し始める。

「あ、あれじゃね？　こんくらいの歳は、子守唄とか必要だろ。吉田、頼んだ」

「馬鹿を言うな」

「俺はすげー歌が下手なんだよ。ラインハルトもだったよな」

「うん。ここは吉田さんしかいないと思う」

「…………」

やはり王子は最初から選択肢にないようで、吉田に子守唄係が押しつけられていく。

「うわああん！　ぎゃあああん！」

「……どうしてこうなるんだ」

いよいよ私の心の中のダムが決壊してしまい、号泣し始めてしまう。

眠いのに上手く眠れないというのは、これほど辛いものなのだと知った。

やがて泣き叫ぶ私にしがみつかれていた吉田は、諦めた様子で口を開く。

「……ある日の晩、たぬきときつねが～♪」

「うぎゃあああん！」

そして吉田による子守唄と、私の泣き声が教室に響き始めた。

「こんこんすやすや〜」

「うわあん……ひっく……」

吉田、驚くほど歌が上手い。声も良いため、幼児メンタルでも聞き入ってしまうくらいだ。

「ぽんぽこすやすや〜」

「う……」

それにしても、この歌はなんなんだろう。初めて聞くけれど、この世界での定番の子守唄なのだろうか。正直なところ、だんだんと眠気よりも笑いが込み上げてきてしまう。

「こんこんぽこぽこ〜ペケポン♪」

笑ってはいけない、吉田は真剣なんだと自分にいい聞かせるものの、余計に面白くなってくる。笑ってはいけない場に限って、笑いが止まらなくなるあの現象だ。

結局、申し訳ないと思いつつ笑いの渦に飲まれてしまった私は、はしゃいでしまう。

「きゃっ、きゃっ！」

「おい、全然眠らないじゃないか」

「いやお前の選曲も悪いぞ、今のは」

「いつも姉が歌っていたこの曲しか知らないんだ。仕方ないだろう」

やはりマニアックな子守唄だったのか、ヴィリーやラインハルトも普通に笑ってしまっていた。

不本意な様子の吉田に心の中で謝っているうちに、吉田の鞄についていた鈴がチリンと鳴る。

これは最近流行りの魔道具で、迎えが来たことを知らせるものだ。

「すまない、迎えが来たみたいだ」

「マジか。じゃ。俺が抱いてるわ」

そうしてヴィリーにそっと差し出されたものの、吉田と離れるのが嫌だという気持ちでいっぱいになり、涙が込み上げてくる。

必死に吉田から離れまいと、短い腕でしがみつく。

「うわああん、うえええん」

「やっぱ俺じゃだめか」

「吉田さんから離れると駄目みたいですね」

「……勘弁してくれ」

私があまりの勢いでしがみついてしまうものだから、吉田のメガネはずり落ちかけ、髪はボサボサになっていた。本当に申し訳ないと思っているものの、身体が全く言うことを聞いてくれない。

「…………」

王子も大会景品としてネタ枠で用意していたガラガラで、私をあやしてくれている。ラインハルトはとにかく私を抱っこしたくて仕方ないようで、ずっと手を伸ばしていた。

完全に場は混乱を極めている。

「うわああん、うわああん」

泣き止みたいのに、思うようにいかない。

みんなに申し訳ない気持ちになり、余計に涙が止まらなくなっていた時だった。

「なんで学園に子供が――ってレーネ？」

ようやく用事を終えたユリウスがやってきて、私を見るなり驚いたように目を瞬く。

それからはヴィリーが事情を説明してくれ、ユリウスは「何それ、面白すぎない？」と笑うと、吉田にしがみついていた私を抱き上げ、優しく抱きしめてくれる。

「もう俺が来たから大丈夫だよ」

「うう……ぐす……」

「うん、いい子。かわいいね」

ユリウスの優しくて穏やかな声を聞いていると、不思議と気持ちが落ち着いていく。

ぽんぽんと背中を撫でられ、気が付けば私は泣き止んでいた。

「……っ」

「よし、落ち着いた。えらいえらい」

私の頭を撫で、ユリウスは柔らかくアイスブルーの瞳を細める。

――なんというか、すごく意外だった。

私は勝手に、ユリウスは子供が苦手なイメージを抱いていたのだ。こんなにも優しく上手にあやしてくれるとは思わず、内心驚いてしまう。

「じゃ、連れて帰るかな。レーネの面倒を見てくれて、ありがとね」

「みんな、ばいばい！」

「早く元に戻るように祈っとくからな！」

「はい。気をつけてね、レーネちゃん」

「…………」

ラインハルトや王子からはどこか名残惜しそうな雰囲気を感じつつ、手を振る。

「ヨシダくんもほんとごめんね。なんかメガネ、曲がってない？　弁償するよ」

「いいえ、大丈夫です」

「よちら、ごめんね」

「気にするな」

短い手を伸ばせば、よちらは軽く握り返してくれる。好きだ。

そうして私はユリウスと共に、学園を後にしたのだった。

◇◇◇

抱っこされたまま馬車に揺られ、帰路につく。

ユリウスの温もりと馬車の揺れが心地よくて、再びうつらうつらしてくる。

「あはは、白目むいてるよ。ほんとかわいいね」

「…………」

恥ずかしさを感じつつ、やはり眠気に抗えないでいると、不意に視界が揺れる。

「えっ？　えええ？」

そして身体が光り出したかと思うと、少しずつ元の大きさに戻っていく。

そして気が付けば、完全に元の姿に戻っていた。

「……よ、良かったあ」

大丈夫だとは分かっていたものの、万が一ずっとあのままの姿だったらどうしよう、という不安もあったのだ。

「戻れて良かったね。あれはあれでかわいかったけど」

「うん、ありがとう！」

それにしても、本当にとんでもなく恥ずかしい目に遭った。明日以降、友人達と顔を合わせるたびに照れてしまいそうだ。

ユリウスに改めてお礼を言い、膝の上に乗ったままだった私は、よいしょと降りようとする。

けれど何故かがっしりと抱きしめられていて、それは叶わない。

「あの、そろそろ下ろしていただいても？」

「どうしようかな。せっかくだし、屋敷に着くまではこのままでいよう？」

私が大泣きしたせいで、ユリウスの制服にはびっしょりと染みができている。申し訳なさでいっぱいになり、お礼とお詫びも兼ねてこれくらいならと、私は頷いた。

「ユリウスって、いいパパになりそうだね」

「なに？　プロポーズ？」

「ポジティブすぎない？」

思わず笑ってしまいながらも、こればかりは本音だった。

先ほど私をあやしてくれたユリウスは本当に優しくて、温かかった。

「子供とか苦手なタイプかと思ってたもん」

「うん。でも、レーネは特別かな。小さい姿もかわいかったし」

この姿でよしよしと頭を撫でられ、声も何もかもが甘くて落ち着かなくなる。

そんな私にユリウスは「あ、でも」と続けた。

「この姿のままでも、一生俺が世話してあげるよ」

「な、なにを言ってるんですか」

「本気なのに」

撫でられていた頭を引き寄せられ、顔が一気に近付く。

目に見えて動揺する私とは違い、ユリウスは余裕たっぷりの笑みを浮かべている。

「卒業したら、なるべく早く結婚しよっか」

「……っ」

冗談だと分かっているのに、この体勢のせいもあってうっかりときめいてしまう。

私はユリウスから視線を逸らすと、慌てて別の話題を振ることにした。

「そ、それよりも吉田って絶対いいパパになるよね！　むしろママっていうか」

「あはは、すごい無理やり話変えるね。でも、分かるかも」

その後も親友吉田トークで必死に場を繋ぎ、やがて屋敷に到着した。

ようやく膝の上から解放され、エスコートされて馬車から降りると、ユリウスは私に向かって両手を広げた。

「部屋まで抱っこしてあげようか」

「結構です」

「残念、もう少しくっついていたかったのに。じゃあ、こっちで」

本当にこのシスコン兄は距離感がおかしいと思いながらも、代わりに差し出された右手を掴む。

——恥ずかしい思いをして散々だったけれど、大好きなみんなの優しさが伝わった一日だった。

あとがき

こんにちは、琴子です。

この度は『バッドエンド目前のヒロインに転生した私、今世では恋愛するつもりがチートな兄が離してくれません⁉』三巻をお手に取ってくださり、誠にありがとうございます。

三巻ではパーフェクト学園に行き、レーネがこの世界について色々と知ることとなりました。割と早めにFランクを脱したので「全然バッドエンド目前じゃないじゃん！」というお声もたまに見かけていたので、ようやくタイトル前半部分が回収ができてホッとしています（照）

そしていよいよ！　恋愛部分も動き始めました。相変わらず大変気になるところで終わっていますが、四巻の制作も決定しているので、続きの執筆も頑張ってまいります。

この作品はレーネが前世では楽しめなかった「何気ない学園生活を楽しむ」という点を大事にしていきたいと思っています。これからも兄や友人達と色々なイベントをわちゃわちゃ全力で楽しんでいく姿をしっかり書いて行こうと思っているので、よろしくお願いします。

すみません、ここで今回もちゃっかり宣伝をさせてください……！

今回はＴＯブックスオンラインストアにて、なんと個別アクリルスタンド全五種を販売中です！

レーネ、ユリウス、吉田、王子、ラインハルトになります。

ずっとアクスタを作ってもらうのが夢だったので、本当に本当に嬉しいです。くまのみ鮭先生の完全書き下ろしイラストで信じられない神クオリティなので、お迎えいただけると嬉しいです。

私のツイッター（@kotokoto25640）でも色々とお知らせしております。


また今巻以降、イラストはくまのみ鮭先生に担当していただいております！

他社様の作品になりますが『私を好きすぎる勇者様を利用して、今世こそ長生きするはずだったのに（多分、また失敗した）』という私原作の作品のコミカライズを担当してくださっており、とにかく私はくまのみ先生が好きで大好きで大ファンで、スケジュールの都合でイラストレーター様の変更が決まった際には「絶対くまのみ先生がいい！」と全力でお願いさせていただきました。

カバーも口絵も挿絵も、素晴らしすぎましたね……！　全キャラクターの個性をそのままに、美しく可愛く格好よく描いていただけて幸せです。あんなふざけた話の中から、あんな素敵な口絵が生まれてびっくりしています。個人的に吉田にぶら下がるちっちゃいレーネが好きすぎました。

本当に本当にありがとうございます！　好きです……。（告白）

また、いつも私のわがままに付き合ってくださる担当さんには感謝してもしきれず……。細かい部分までこだわることができているのは、全て担当さんの優しさによるものです。背の部分まで毎回、色々とお願いしています。次回は王子がいいです。（次回予告）いつもありがとうございます。

本作の制作・販売に携わってくださった全ての方々にも、感謝申し上げます。

そして七星郁斗先生による素敵なコミカライズも、大好評連載中です。いよいよ今月一日にはコミックス一巻が発売されました！　皆さま、お迎えしてくださったでしょうか？　大変美麗で面白くて最高の一冊にしていただいているので、よろしくお願いいたします！　吉田との出会いシーンなんかもあり、「こんなこともあったなあ……」と懐かしい気持ちになります。

最後になりますが、ここまでお付き合いくださり、本当にありがとうございました！

ファンレターやプレゼントなど、全てが宝物です。皆様の推しを聞けるのもとても楽しいです。いつもありがとうございます！　これからもレーネ達を見守っていただけると嬉しいです。

それではまた、四巻でお会いできることを祈って。（早めに出せるよう頑張ります）

琴子

コミカライズ　第二話

漫画：七星郁斗
原作：琴子

カタ
カラ…
……あれが
ハートフル学園！
…わぁ
第2話

本当に違う世界に
来ちゃったんだ…
ここで青春を
過ごすためにも
早くステータスを
上げたいところ
だけど…
ちら
ユリウスとは
兄妹だから
攻略対象外
だろうし
いくら好感度を
上げても魔力は
増やせない
上がる気も
しないけど
他に誰か――…
そういえば

攻略対象に
王子がいたはず
唯一このゲームでプレイしたキャラだったけど
どんな名前だったっけ？
元々好みじゃなかったし
ユリウスに聞いたとしても…
ニコ
また揶揄《からか》われるだけかもしれないし…
こうなったら

直接王子を探し出して話しかけるしかない！
ざわ
ざわ
おいっ見ろよ
アイツだよFランクの…
ヒソ
どうしてユリウス様と一緒なの？
ヒソ
よく学園に来れたもんだな
ヒソ
…あれ？
ひょっとして私有名人？
まぁ
3日前に飛び降りしてるからね
ですよね
キャー

きゃあ
ほらっ いらっしゃったわよ!
きゃっ
はぁ〜
今日もなんてかっこいいのかしら
流石 セオドア様ね!
そうだ 思い出した
わぁ…
あの人が

セオドア王子――…

本当に
生きてるんだ
今まで画面越しに
見ていたキャラが
目の前で動いてるなんて
なんだか
変な感じ

ハッ
って
ぼーっとしてる場合じゃない！
何をするにも今は魔力量が必要なんだから！
今の私にできることは
攻略対象とのコミュニケーション！
ド底辺のFランクの私が王子に話しかけることすら
本当は烏滸《おこ》がましいんだろうけど
…よし
そもそも
ヒロインというのは
！
ちょっとなに～!?
大体図々しい

生き物なんだ！
おはようございます!!
ざわっ
1カメ
2カメ
3カメ

……
え？
い 今のはカウントに入るの？ えっ 本当に大丈夫？
フル無視？
一方的な挨拶になってたけど…
そういえばセオドア王子って
※クーデレの極みだったんだっけ…
段々思い出してきた
※クールデレ
前半なんて殆ど会話がなかったし
これから魔力を増やすために
何十回 何百回と
これを繰り返さないといけないと思うと

骨が折れそう…
ゲームならボタン連打でスキップできるのにぃ〜〜〜
…へぇ？
ざわ
ざわ
すみません

私の席
教えてくれませんか？
はぁ？
ざわっ
お
お前…

いよいよそこまで頭が悪くなったのか?
失礼だなこの人…
頭を打ったら記憶喪失になっちゃって
っ!?
あなたの席はここよ
私の隣

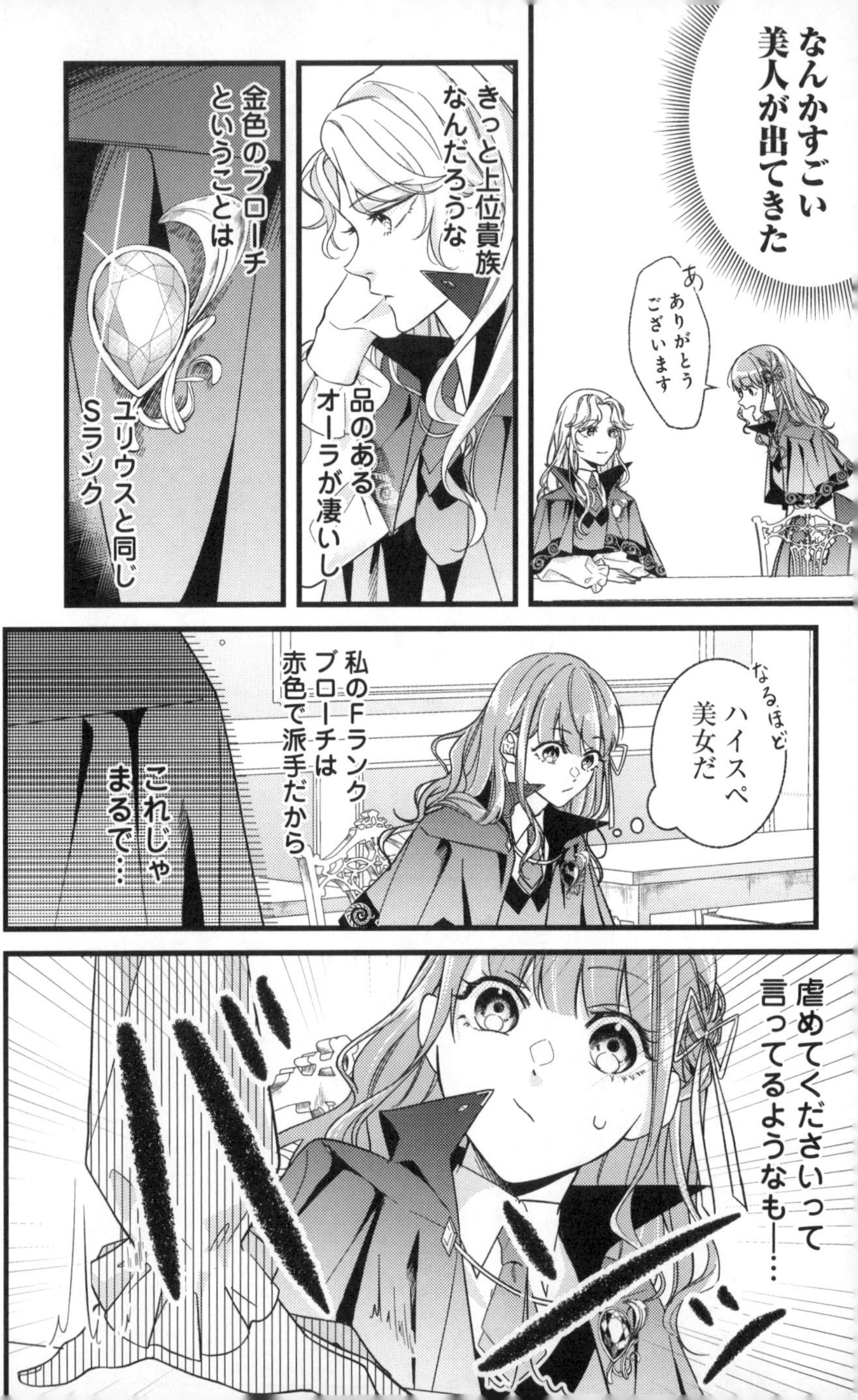

なんかすごい
美人が出てきた
あ
ありがとう
ございます
きっと上位貴族
なんだろうな
品のある
オーラが凄いし
金色のブローチ
ということは
ユリウスと同じ
Sランク
なるほど
ハイスペ
美女だ
私のFランク
ブローチは
赤色で派手だから
これじゃ
まるで…
虐めてくださいって
言ってるようなも―…

あなた
よく学園に来れたわね
……さっそくか
しかもセオドア様に声をかけていなかった？
頭を打っておかしくなったのかしら
どうせもうすぐ退学なのに
記憶喪失になったからってFランクに変わりないのよ
ガッ
……
黙ってないでなんとか言ったらどうなの？
ガタン

私 がんばる ことにしたの
だから 退学にも 絶対ならない
なっ
ガラララッ
おい お前たち
そろそろ 授業を始めるぞ
席につけー

〜〜〜っ
チッ
ベタベタなテンプレ虐めだったな…
それに
見たかぎりあの子たちは
Dランクだった
絶対に追い抜いて
ぎゃふんと言わせてやるんだから!
……
キーン
さて
予告していたとおり
コーン
カーン
本日はマミソニア語の小テストを行う

ざわっ
マミソニアは今魔法に関して第一線で研究している国だからな
今後のためにも必要な知識だ
えっ
マミソ？
何？
そのため今回のテストはランクへの成績にも関わってくる
だが成績さえ上がれば
誰もがSランクになれるわけではない
各ランクの枠数はあらかじめ決まっているからだ
ランクによっては次の学期末の結果次第で
退学になる者もいるだろう
私のことだ…
退学になればバッドエンドだろうけど
もし本当にそうなった場合

私はどうなるの？
つまりこの学園では
全員が敵であり
ライバルだ

心してかかれ
始めっ！
うそうそうそうそうそ～～!!
マミ…なんちゃら語なんて知らないし
絶対に次の試験でFランクを脱出しなくちゃいけないのに！
まさかのいきなり0点ゲットだよ！

さて お待ちかねの 結果発表だ
壁に 張り出す前に
今回の 成績上位者の名を あげるとしよう
うーん
文字も 見様見真似《みょうみまね》で 書いちゃった からなぁ
一応問題 全部に解答 したけど…
お願いします せめて1点 せめて1点 せめて…
ぐぬぬぬっ
今回は 満点がひとり

レーネ・ウェインライトだ
は
ざわっ
え？
あ
あのっ先生
その採点間違っていたりしませんか？
なんだと？
お前は私の魔法が失敗したとでも言いたいのか？
自分の目で確かめてみろ

そういえば
カサ…
私どうして
この問題を
読めたんだろう
この国の
文字ですら
知らないはずなのに
あの時だって…
もしこれが
偶然なんかじゃ
ないのなら
もしかすると
私は——…

この世界に存在する
すべての文字が
読めるのかもしれない
S

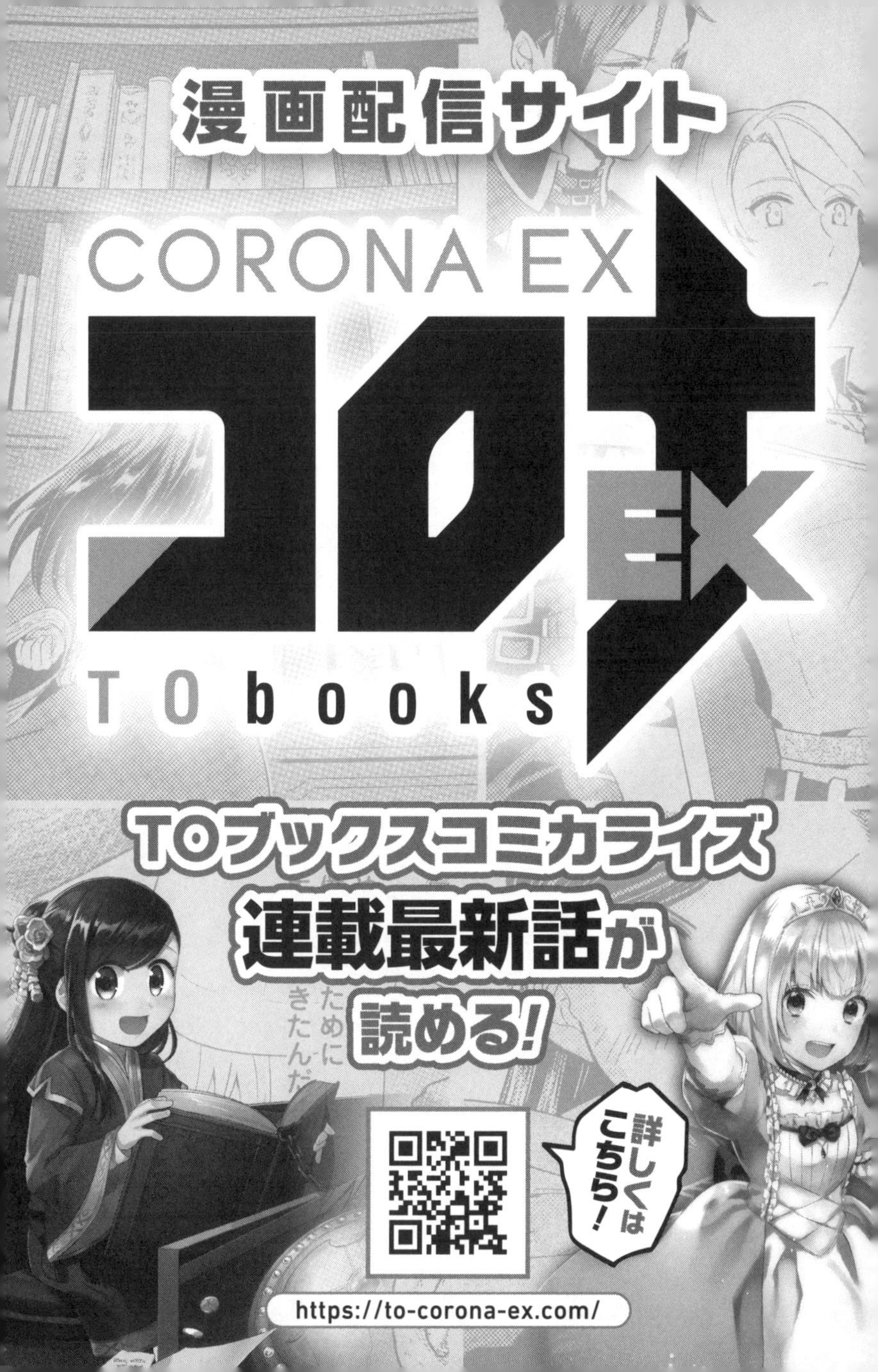

漫画配信サイト
CORONA EX
コロナEX
TObooks
TOブックスコミカライズ
連載最新話が
読める!
詳しくはこちら!
https://to-corona-ex.com/

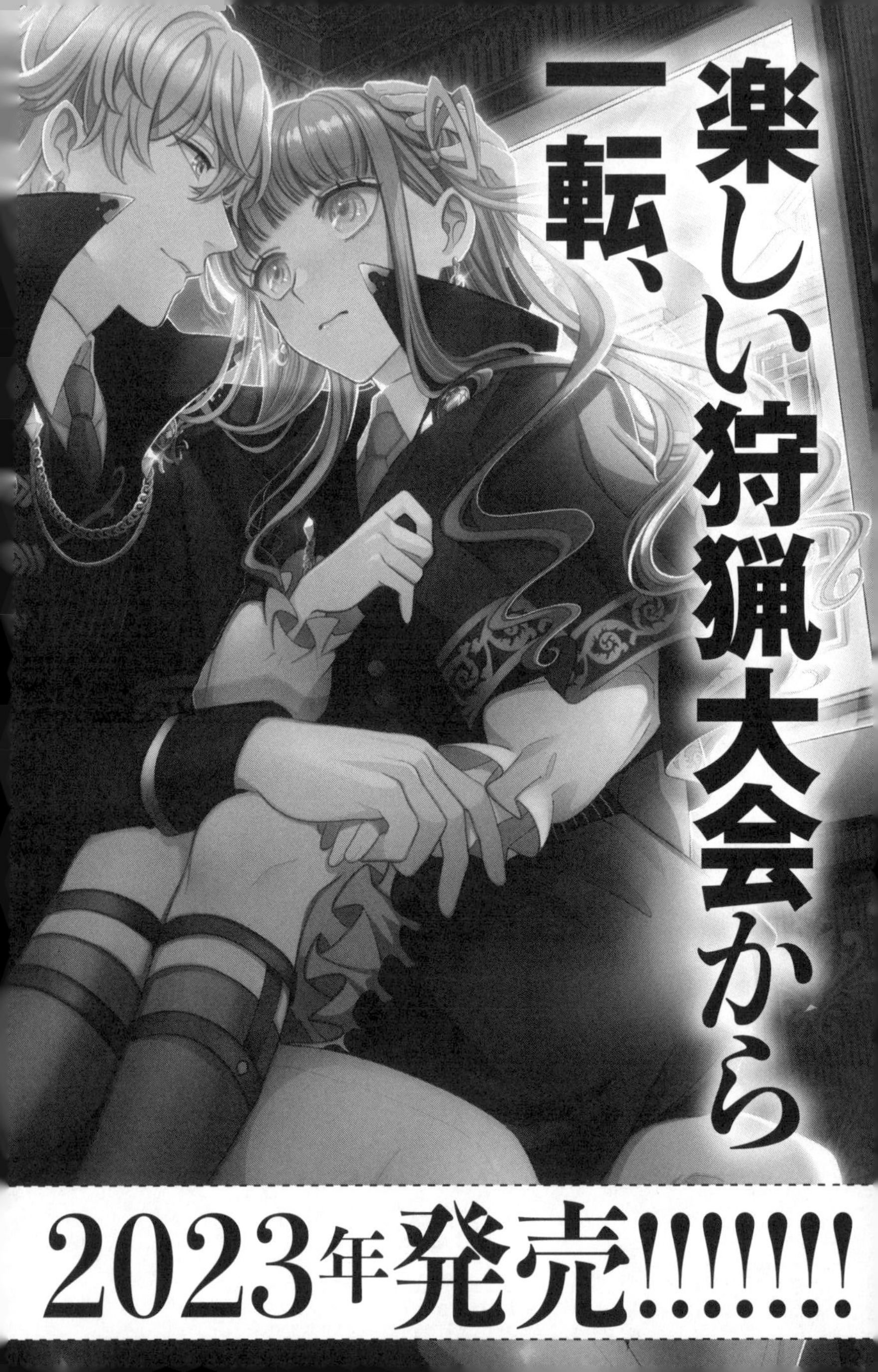
楽しい狩猟大会から
一転、
2023年発売!!!!!!

（宝島社刊）
『このライトノベルがすごい！2023』
単行本・ノベルズ部門
第1位
殿堂入り
詳しくは原作公式HPへ
tobooks.jp/booklove

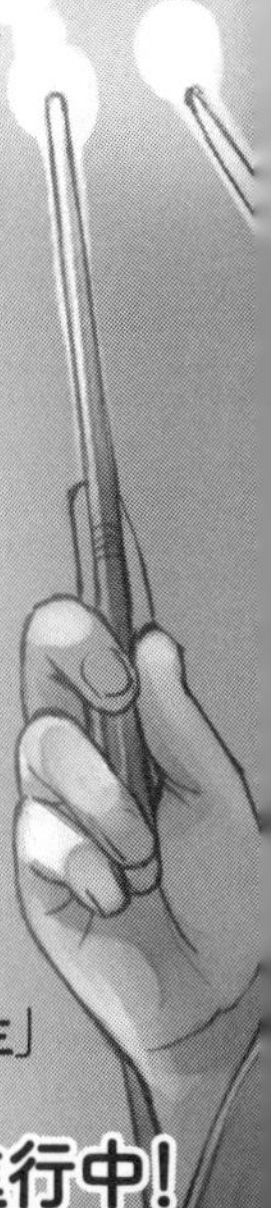

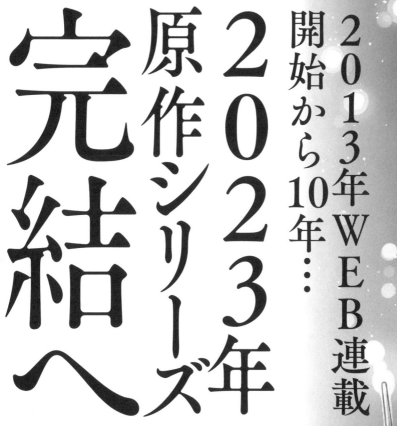

小説
第12巻
2023年
1月10日
発売!
ニメ化決定!
帝国物語
餅月 望―著
Gilse―イラスト
式HPへ!
TVアニメHP
原作HP

ティアムーン帝国物語
ティアムーン帝国物語
ティアムーン帝国物語
ティアムーン帝国物語
COMICS
コミックス
第6巻
2023年春
発売予定!
漫画：杜乃ミズ
2023年TVア
ティアムーン
断頭台から始まる、
姫の転生逆転ストーリー
詳しくは公

年1月
コミックス
第9巻
2023年
1月14日
発売!
決定!
お楽しみに!
漫画:飯田せりこ
コミカライズ
おかしな転生のコミカライズ最新話がどこよりも早く読める!
想像がどんどん拡がっていく
やっぱり僕はこの為に生まれてきたんだ!!
世界で一つのお菓子の国を作るために!!
富国強兵!!
お菓子で満ち溢れた国!!
銀貨のみか…
分かってないな所詮は戦場上がりの田舎貴族か
これでは口止め料には足りんよ
僕の夢の邪魔する奴は必ず後悔させてやる!!
CORONA EX
コロナEX
TO books
にてWEB連載中!
https://to-corona-ex.com/

「おかしな転生」次巻予告
2023
小説
第22巻
2023年
1月10日
同月
TVアニメ化
著：古流望
イラスト：珠梨やすゆき
予約受け付け中!
詳しくは公式HPへ!
シリーズ累計
(電子書籍含む)
95万部
突破!
AUDIO BOOK
おかしな転生
オーディオブック
第１巻
朗読：長谷川玲奈
絶賛発売中!

バッドエンド目前のヒロインに転生した私、今世では恋愛するつもりがチートな兄が離してくれません!?3

2023年1月1日　第1刷発行
2023年2月6日　第2刷発行

著　者　琴子

発行者　本田武市

発行所　TOブックス
〒150-0002
東京都渋谷区渋谷三丁目1番1号　PMO渋谷Ⅱ　11階
TEL 0120-933-772（営業フリーダイヤル）
FAX 050-3156-0508

印刷・製本　中央精版印刷株式会社

ISBN978-4-86699-727-8